MÂHDJÉ

Les Anglais sont des gens charmants

ou

Six CKK en Angleterre

Les Presses du Midi

Du même auteur aux Éditions Les Presses du Midi :

« Jésus, l'Église et Judas, mon ami »

Les dessins sont de la main experte de Josiane.

Impression PDM

121, avenue d'Orient - 83100 TOULON
Tél. : 04.94.16.90.20 – Fax : 04.94.16.92.29
Dépôt légal septembre 2003
ISBN : 2-87867-484-7

Toute ressemblance avec des personnes vivant ou ayant vécu les mêmes aventures en Grande-Bretagne, ne pourrait être que fortuite. Il s'agit ici de faits desquels l'authenticité ne peut être mise en doute.

Fondation du Club C.K.K

Mon mari et moi-même, avec deux couples d'amis, avons décidé de fonder un club appelé le C.K.K.

Ces lettres, prononcées en réfléchissant quelque peu sur leur consonance, donnent une traduction assez vulgaire. Il faut excuser notre jeunesse et notre propension à choquer les gens bien pensants.

C.K.K. signifie Club des Kamikazes en Kermesse. Ce n'est pas ce que vous croyez. Nous sommes prêts à tout pour nous amuser mais avec des règles, peu nombreuses mais strictes ; aucune pitié pour les membres qui ne les respectent pas ; ils sont éjectés d'office et sans autre forme de procès.

Nous nous réunissons une fois par mois pour un repas suivi, of course, d'une soirée dansante. Mais danser ne signifie pas flirter avec le mari ou l'épouse d'autrui. Nous sommes vigilants. Pour entrer au club, il faut montrer patte blanche, c'est-à-dire être présenté par un membre puis être élu à la majorité. Pour en être éjecté, le processus est accéléré : un comportement inadmissible et c'est l'exclusion. Inadmissible parce que contraire aux règles établies dès le début.

Quelles sont ces règles ? Des rêves de jeunes, épris d'idéalisme.

Je suis âgée maintenant, mais je me souviens toujours avec émotion de cette période où nous tendions vers une forme de pureté. Non pas la pureté dans le sens littéral du terme ; les couples ne devaient pas, obligatoirement, porter la bague au doigt pour être acceptés. Mais la pureté dans un sens plus profond et surtout plus idéaliste. Nous étions si naïfs, si épris de sentiments qui n'ont plus cours, si « cons » enfin. Notre devise reflétait bien notre innocence et l'envie de créer l'impossible. Qui pouvait comprendre à part nous ? Alors, quelle était cette fameuse devise que nous avions concoctée tous les six avec enthousiasme ?

- ☺ Tous pour un, un pour tous.
- ☺ Une juste mesure en tout.
- ☺ Un esprit sain dans un corps sain.

Les trois mousquetaires nous avaient, vraisemblablement, inspirés. Je souris maintenant en me remémorant cette époque ; je souris avec un peu de nostalgie car le temps de ma jeunesse et des enthousiasmes est bien terminé. Avec le recul, je pense que c'est formidable d'avoir vécu cette ivresse : nous pouvions très facilement nous mettre dans la peau de n'importe quel héros que nous admirions. Qu'il s'agisse de d'Artagnan ou d'un chevalier de la Table Ronde. Que de rêves ! Je pense que, quel que soit notre âge, nous avons besoin de rêver.

Notre rêve le plus fou était (excusez-moi mais il faut que je le mette en majuscule) de recréer le mot **AMITIE** qui, à l'époque actuelle, est trop souvent remplacé par le mot **Intérêt**. Recréer dans un siècle de robots, des êtres humains. Et nous avions un projet à la mesure de notre démesure : organiser, chaque année, un voyage pour les membres du club ; mais pas n'importe quel voyage. Il s'agissait, non seulement de se retrouver soi-même, mais de se retrouver en parfaite harmonie avec les autres.

Donc, il était basé sur certaines conditions : au sein d'une nature complice, loin des techniques modernes et des villes tentaculaires, loin des lumières au néon et des péchés capitaux de la vie de notre temps : mesquinerie, envie, égoïsme, ambition, avarice, orgueil, médisance, calomnie, et j'en passe. Loin des fous tout simplement. Nous voulions essayer de construire ensemble au lieu de détruire tout seuls.

Je me doute bien que de nombreux lecteurs vont sourire en haussant les épaules ; soit avec une commisération un peu méprisante mais paternelle, soit avec ironie, en se demandant si nous n'étions pas un tantinet demeurés ou retombés en enfance, le pays des rêves et des contes de fée.

Nous voulions lutter contre l'envahissement pernicieux du Confort qui détruit nos sens, annihile notre volonté, nous empêche de penser et réduit l'Homme à l'esclavage.

J'entends les rires s'intensifier. Pour la majorité des gens, ces désirs sont irréalisables. Ils ont certainement raison en majeure partie ; mais il vaut mieux tendre vers l'impossible que tomber de plus en plus bas. Même si nous ne réussissons pas à satisfaire la plus grande partie de ces envies d'absolu, il est préférable de regarder vers le haut plutôt que vers le bas. Moqueries ou non, nos idées restent respectables car elles sont basées sur des notions de morale, d'amour du prochain, d'entraide et de compassion.

En résumé, nous voulions nous évader des contraintes journalières et goûter, durant quelque temps, une forme de liberté. Au lieu de cultiver notre jardin nous désirions cultiver un sentiment oublié : l'Amitié.

Quelles qu'en soient les raisons, le voyage prévu en Angleterre n'a pas soulevé l'enthousiasme des membres du C.K.K.. Est-ce le choix du pays qui a déplu ou plutôt le fait que ce soit durant les fêtes de Noël ? Quoique qu'il en soit, les trois couples qui étaient à l'origine du club ont décidé de partir.

Moi aussi je vais m'en aller, retourner dans le passé et revivre avec vous ce voyage de ma jeunesse.

Comme vous avez dû vous en rendre compte, nous aimons rire. Ce livret ne sera que le reflet des menus événements de notre périple ; parfois émouvants, mais souvent très drôles. Nous vous invitons à rire avec nous.

Nos vêtements

Avant d'entamer ce récit, j'aimerais vous décrire les tenues diverses que nous avons adaptées à l'hiver anglais et selon nos goûts.

Le facteur général étant d'avoir chaud coûte que coûte, chacun accumule, qui : deux maillots, une chemise, un fin pull, un gros pull ; qui : un maillot, trois pulls, une veste et un pardessus ; sans compter que certains avaient décidé de porter le caleçon long de nos grands-pères.

- Francis, mon époux, en pêcheur d'Islande : pantalons de ski dans des bottes fourrées, canadienne d'aviateur molletonnée à col montant de fourrure, foulard rouge négligemment rentré dans l'échancrure de la chemise, casquette bien chaude à carreaux, genre mauvais garçon, sur cheveux longs frisés, grosses lunettes noires.
- André en hobereau ou en joueur de golf : pantalons étroits dans de hautes bottes allant jusqu'aux genoux, long anorak fourré, pull à col roulé par-dessous, casquette plate et large.
- Quant à Robert, son accoutrement lui allait à ravir : il ressemblait à un garde-chasse: pantalons bouffants s'arrêtant sous le genou, longues chaussettes épaisses tricotées par

?
pêcheur d'
Islande
Garde-chasse
Hobereau

maman, blouson long ceinturé à la taille, évidemment l'incontournable pull à col montant et une casquette marron à visière, digne d'un militaire.

Passons maintenant à leurs épouses respectives.

- Yolande, la femme de Francis : c'était plutôt le genre canadien : pantalons de ski toujours, enfoncés dans des bottes de fourrure, une énorme veste longue en peau de mouton retournée dont le large col lui cache à moitié le visage et un bonnet de fourrure de style phrygien descendant jusqu'aux oreilles. On n'apercevait d'elle que deux grands yeux et un petit bout de nez rougi par le froid. Le reste était ganté, botté, emmitouflé, enveloppé, serré ; en un mot, inabordable.

- Josiane, l'épouse d'André, genre esquimau : elle n'avait pas lésiné sur les moyens. C'est tout juste si elle n'était pas plus large que haute. Des pantalons, toujours et encore, mais recouverts jusqu'en haut des cuisses par ces énormes chaussettes de laine blanche tricotées par la grand-mère cette fois, un duffle-coat épais avec cagoule et, tenez-vous bien, un bonnet en dessous, lui couvrant les oreilles et noué sous le menton.

- Quant à Mauricette, l'épouse de Robert, la coquetterie incarnée, elle avait sacrifié le confort à l'élégance : ensemble pantalons-veste très chic en velours, fines bottes de cuir noir à talon haut qui mettaient le galbe de sa jambe en valeur, écharpe à franges assortie à ses vêtements, un très mignon galurin à bords retournés avec, devinez quoi ? Un gros pompon au sommet ; et ce n'est pas tout ! car elle portait des gants de fine peau noire, très chics. Elle avait tout d'une habituée de Megève. Vous verrez par la suite que son choix lui causera quelque problème. Son souci de l'élégance tournait d'ailleurs à l'obsession. Bien qu'étant l'une de ses amies, je ne l'ai jamais vue en déshabillé, ni décoiffée, ni démaquillée... Quand elle sortait de sa chambre, elle était impeccable des pieds à la tête.

?
Canadien
Mégève
Esquimau

Le départ

Nous sommes fin prêts pour l'aventure. Reste la voiture surnommée Cocotte. Surchargée - car nous étions six à l'intérieur avec les bagages sur le toit - surmenée, elle n'eut jamais d'autre plainte que le gémissement de ses essuie-glaces ou d'un amortisseur. Enfin c'est ce qu'elle a certifié au retour. Elle ne renonça à la tâche que devant une plaque de verglas. Quelle fieffée menteuse ! Nous ne lui en avons pas tenu rigueur.

D'habitude les remerciements s'écrivent à la fin de tout livre qui se respecte. Je préfère les faire maintenant.

Des remerciements à Francis, notre valeureux pilote, qui, au péril de sa vie et de la nôtre, exécuta les manœuvres les plus périlleuses et, souvent, sans aucune visibilité, mais qui nous ramena sains et saufs.

Des remerciements à Yolande, c'est-à-dire moi, navigateur expert et compétent, qui consacra tant de temps à l'élaboration du circuit qu'elle était capable de conseiller : "tourne à droite ou tourne à gauche" sans même regarder la route ou la carte. Et même quand il n'y avait aucun chemin, ni à droite, ni à gauche ; tout au moins visible à ce moment-là.

Des remerciements à Robert, co-navigateur patient, pas toujours d'accord avec le navigateur. Par mesure de précaution, il indiquait souvent « après » la route qu'il aurait fallu suivre. Ses conseils furent toujours avisés et ses calculs fort justes. Je suppose que cette remarque n'étonnera personne.

Remercions enfin André, Mauricette et Josiane d'avoir contribué, par leur esprit, leur charme, leurs cordes vocales, leurs mésaventures, à l'agrément de ce circuit.

J'ai envie de m'étendre sur les péripéties qui ont précédé le voyage.

Yolande, penchée de longues heures sur les cartes, les guides, le papier à lettres afin de ne rien laisser au hasard. Noël est une fête très prisée par les Anglais et il valait mieux retenir nos points de chute par avance.

Francis, transformé en traducteur car il parle l'anglais couramment et notre guide le plus détaillé était écrit dans la langue de la perfide Albion.

André, courant les banques à la recherche de livres sterling.

Mauricette et Josiane, larmoyantes, car elles ne pouvaient prendre qu'une seule valise chacune ; surtout Mauricette qui voulait charmer les Anglais par ses tenues éblouissantes.

Mais l'ordre est impératif : une seule valise et une mallette, et... une autorisation réticente à jeter, en vrac, dans le coffre, quelques babioles. Quel crève-cœur ! Et puis, pour vous dire la vérité, nous avions décidé de partir avec quelques boissons alcoolisées, surtout du champagne, afin de fêter, en bons Français, la Nativité. Mais, honnêtement, nous voulions venger Jeanne d'Arc qui comme chacun le sait, voyait les Anglais sabler le champagne dans la plaine de Reims tandis que le pauvre Dauphin qu'elle y avait amené ne pouvait même pas s'en offrir. À notre tour, nous voulions le boire au nez et à la barbe des Anglais.

C'est bien joli de pouvoir jeter quelques bricoles dans le coffre, mais où mettre les valises ? Sur le toit évidemment, c'était prévu. Seulement nous n'avions pas de galerie et oublié complètement qu'il en fallait une. Nous la cherchons désespérément car, que nous le voulions ou non, il faudra en passer par là. C'est Robert, notre secouriste attitré, qui la dégotte enfin la veille du jour J. Ouf ! Reste à la fixer ; ce qui n'est pas une mince affaire car la voiture n'avait pas la ligne adéquate pour cette galerie qui nous avait été prêtée.

Le vendredi 20 à vingt et une heures, tout est prêt ; enfin. Tout le monde respire, surtout Mauricette qui, tenant à son élégance par-dessus tout, avait réussi à embarquer ses innombrables fanfreluches vaporeuses. Le décollage avait lieu le lendemain matin neuf heures.

Samedi 21 décembre, le jour J. est arrivé.

Le compte à rebours commence. Réveil remonté pour sonner à six heures ; on ne sait jamais. Chacun tremble un peu à la pensée d'un problème de dernière minute.

En fait, personne ne dort. Les yeux grands ouverts, chacun imagine ce périple. C'est formidable de pouvoir partir à six amis dans la même voiture. Nous redoutons et espérons à la fois qu'il y aura des aventures, que nous vivrons des instants inoubliables.

Je sais bien que, de nos jours, les jeunes se moqueraient de notre naïveté et de notre enthousiasme. Un circuit en Angleterre, il n'y a vraiment pas de quoi en faire un plat. Mais nous n'étions pas blasés comme le sont beaucoup d'entre-nous aujourd'hui.

Neuf heures : nous montons dans notre Cocotte adorée, les portières claquent et la voiture démarre. Les visages se détendent. Ouf ! On est parti.

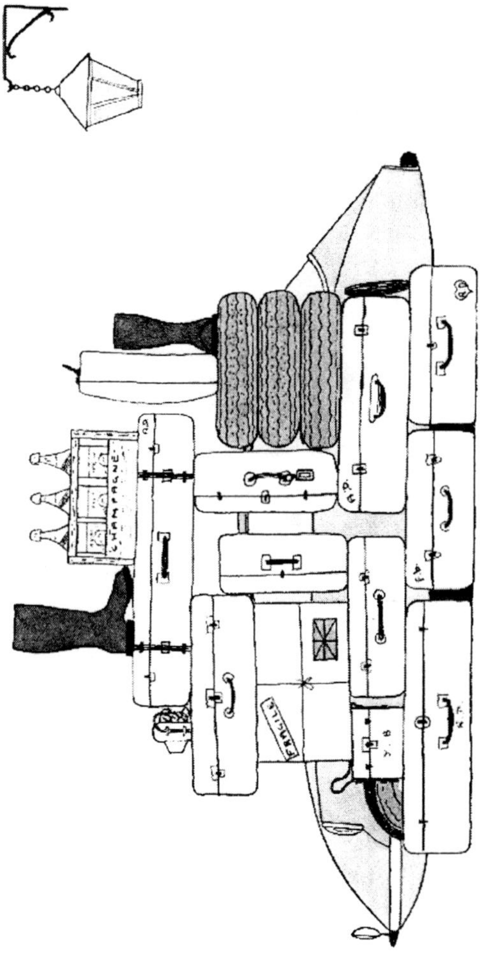
CHAMPAGNE
FRAGILE

Où les premiers contacts entre les Anglais et nous réservent quelques surprises aux uns et aux autres

Samedi 21 décembre toujours.

Première étape : Valenciennes-Boulogne. Josiane, en verve, insinue qu'il nous faut composer un hymne spécifique pour le C.K.K. Chacun expose ses idées : l'air de la Marseillaise ? Trop connu. L'Internationale ? Trop révolutionnaire. La victoire en chantant ? Trop martial. De guerre lasse elle entonne : « Agadir, c'est du champagne ! » Pour les très anciens membres du club Méditerranée qui sont allés à Agadir, ils se rappelleront certainement qu'il s'agissait de l'hymne de ce village.

Les matières grises de Yolande et Josiane se mettent en branle et trouvent les paroles qui seront le cri de ralliement de nos membres bien-aimés.

Sur la route, Cocotte tombe en panne ; c'était trop beau pour durer. Affolement général. Et si on loupait le bateau ? Un garagiste complaisant, comprenant notre détresse, s'est mis à l'ouvrage avec vigueur et efficacité ; soulagés, nous repartons.

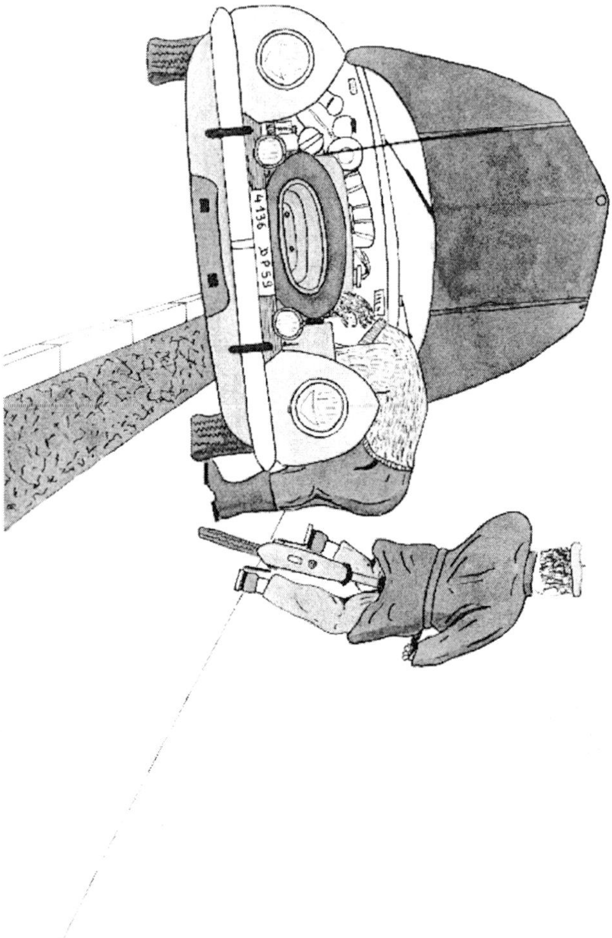
4136 DP59

Boulogne à l'horizon. Consternation générale, le bateau partira avec une heure de retard. Les estomacs crient famine et, mon Dieu, craignant quelque peu la gastronomie anglaise, nous allons déjeuner. Bien nous en prend. Mauricette regrettera toute sa vie l'excellent steak tartare qu'elle laissa dans son assiette. Cette vision la hanta plusieurs jours durant, surtout face à l'assiette anglaise.

La mer étant mauvaise, la traversée est ponctuée de menus incidents. Grâce au roulis et au tangage, Francis exécute une danse chaloupée du plus heureux effet, d'autant plus difficile à réussir qu'il porte un plateau chargé de six tasses débordantes de café. Chacun reçoit la sienne et les yeux s'agrandissent d'horreur. C'est ça le café anglais ? Nous nous demandons avec effroi ce que sera la suite. Nous regardons désespérément par le hublot. Hélas ! La côte de France est déjà loin.

Josiane attend d'être juste à la frontière entre les eaux françaises et les eaux anglaises pour restituer aux Français ce qui leur était dû et aux Anglais ce qui leur appartenait de droit. Quoi qu'il en soit, le tout est soigneusement enfermé dans un sachet mis aimablement à la disposition des estomacs fragiles par les marins de sa Majesté.

FOR YOUR CONVENIENCE

Douvres en vue. Dans le capharnaüm des véhicules entassés, nous cherchons le nôtre ; mais où est-il passé ? En haut dit l'un, en bas dit l'autre ; à gauche peut-être ? Ou bien à droite ?

Nous finissons par le retrouver et mettons roues à terre sur le sol anglais.

And now, Francis, keep left ! Vive inquiétude soudain. Où nous mènent ces flèches ? Impératives de surcroît. Vers un immense parking où des centaines d'engins motorisés attendent à la douane. Une heure à se morfondre, une heure à regarder les flegmatiques, c'est connu, Anglais, astiquer leur carrosserie. Une envie monte irrésistiblement en nous : les étrangler. Enfin notre tour vient : « *Non, Monsieur, nous n'avons rien à déclarer ; juste une bouteille de champagne et une cartouche de cigarettes.* » Omission volontaire : « *par personne.* » La voix de Yolande, avec son sourire le plus accrocheur : « *Nous allons faire du tourisme monsieur* ; *merci monsieur.* » Elle s'empresse et use de tout son charme pour activer les formalités. Un instant, nous avons craint qu'il ne la garde, tant elle lui plaisait.

Vite ! En voiture. Nous avons perdu deux heures à cause de ces maudits Anglais.

Avant de mettre le cap sur Londres, Yolande, la gourmandise incarnée, désire faire un petit détour pour visiter Rye. Ce petit village à structure médiévale, aux toits de tuiles rouges, n'est accessible qu'aux piétons. C'est donc à pied, par une rue pentue et tortueuse, que nous grimpons la colline. Nous admirons au passage l'auberge de la Sirène réputée pour avoir été, vers le XVe siècle, un repaire de cruels brigands. Certains artistes et écrivains, amoureux de ce paysage lumineux, sont venus y habiter. Mais Yolande, artiste à ses heures, ne vise, pour l'instant, que la petite boulangerie sise juste en face de la citadelle, où elle pourra se régaler de ses fameux pies anglais, sortes de petits pâtés fourrés aux fruits et dont elle raffole. Quel délice !

Quelques kilomètres supplémentaires pour visiter le château d'Hastings et nous filons vers Londres à roues raccourcies. Essayons de lire les panneaux indicateurs. Barre à gauche, toute !

Un conseil aux amis qui auraient l'intention de prendre des raccourcis pour éviter la traversée de Londres. Ils pourraient, comme nous, passer trois fois avec stupeur au même endroit, toujours par des chemins différents, chercher le Moby Dick en croyant en toute bonne foi qu'il s'agit d'un édifice imposant, vu son nom, pour s'apercevoir que ce n'est qu'un vulgaire pub difficile à découvrir. Et pourtant, c'était là qu'il fallait tourner pour atteindre l'autoroute. Merci messieurs les Anglais pour votre aptitude à nous aider dans nos recherches. Cependant, il nous faut rendre grâce à cet aimable automobiliste qui, devant notre désespoir, se place avec énergie devant Cocotte et nous guide, sans hésiter, dans le labyrinthe inextricable des faubourgs de Londres. Pour la première fois, nous avons pensé, sans généraliser encore : cet Anglais est un homme charmant.

Enfin nous sommes sur l'autoroute de York. La lutte acharnée que nous avons menée contre les nombreux tentacules de cette immense pieuvre qu'est Londres donne soif à tous : voiture et occupants.

- *Première urgence :* dénicher une station d'essence avec toilettes pour dames, si possible. Etes-vous capables de vous mettre à la place d'un pompiste anglais ? Je ne sais ; toujours est-il que, ébahi, il voit descendre d'une voiture notre Yolande, braguette de pantalons ouverte pour gagner du temps, et qui ressort tranquillement des toilettes en se réajustant devant lui. Elle lui dédie, au passage, son plus charmant sourire. Il est tellement étonné qu'il répand sur ses chaussures un gallon de super.

- *Deuxième urgence :* trouver du carburant pour nous-mêmes, absolument pas décidés à nous laisser abattre. Restoroute à l'horizon. Stop ! Les mirages commencent à se dessiner : des bouteilles de bière bien fraîches surgissent dans nos rêves, surtout dans ceux d'André, féru de cette boisson. Le malheureux n'a pu étancher sa soif qu'avec trois verres d'eau et deux tasses de thé. Dans ce pays si sympathique, les boissons dignes de ce nom ne sont servies qu'à partir de dix-sept heures. Nous décidons de nous sustenter et, pour la deuxième fois, Mauricette ne mange pas, rêvant toujours de son steak tartare oublié inconsidérément.

Il reste à parcourir trois cents kilomètres d'autoroute. Pour Francis: don't sleep and keep left. Poor little thing !

Afin d'aider notre vaillant conducteur, nous nous mettons à chanter. Le premier effet de surprise passé, nos voix finissent par s'accorder avant de mourir dans des accents pathétiques car elles n'en peuvent plus. À boire, par pitié !

Yolande avait dit qu'au motel de York on dansait le samedi soir ; donc il y avait une chance d'avoir à boire autre chose que leur détestable thé. Ce dernier a beau être le breuvage de nos amis, il reste, pour la plupart des Français, peu agréable en comparaison de ce que nous aimons déguster d'habitude.

Dès l'arrivée, nous nous jetons avec avidité sur une première chope de bière dont le goût nous paraît surprenant. Mais ventre assoiffé... Puis nous passons devant une table chargée d'une multitude de plats froids aussi alléchants les uns que les autres.

C'eût été renier notre titre de membre du C.K.K. de ne pas danser, au moins, un slow. C'est ce que nous faisons, bien qu'il soit près de minuit et que, le lendemain, nous nous mettons en route à huit heures. Good night !

Départ à huit heures ? Douce illusion. Savez-vous qu'en Angleterre, à moins de se priver de petit déjeuner, il est très difficile de se faire réveiller avant huit heures ?

À force de palabres, nous avons transigé pour un départ à huit heures trente. Il n'était pas question de *louper* le breakfast anglais, à peu près le seul repas convenable et même délicieux des coutumes cuisinières anglo-saxonnes.

Où l’on voit :
Mauricette s’effondrer dans des douves
Josiane prendre des veaux pour des moutons
Un policier fervent adepte des rallyes

Dimanche 22 décembre :

Visite de ruines en tout genre.

Hélas ! Pour les ruines comme pour les magasins : closed on sundays.

Nous désirons visiter un splendide château, très bien conservé. Il faut reconnaître aux Anglais une qualité : ils ne laissent pas leurs demeures historiques se dégrader comme en France. Elles sont entretenues, en partie par le gouvernement, en partie par les propriétaires quand ils y vivent encore. Ils savent respecter leur patrimoine. Et, chose étrange pour nous, Français, ils mettent, devant chaque entrée d’un musée, d’un château ou d’un monument, une boîte destinée à recevoir le prix de la visite quand le guide est absent ; je n’ai jamais vu de boîte vide et chaque visiteur a à cœur de payer son écot. J’ai trouvé cette honnêteté extraordinaire.

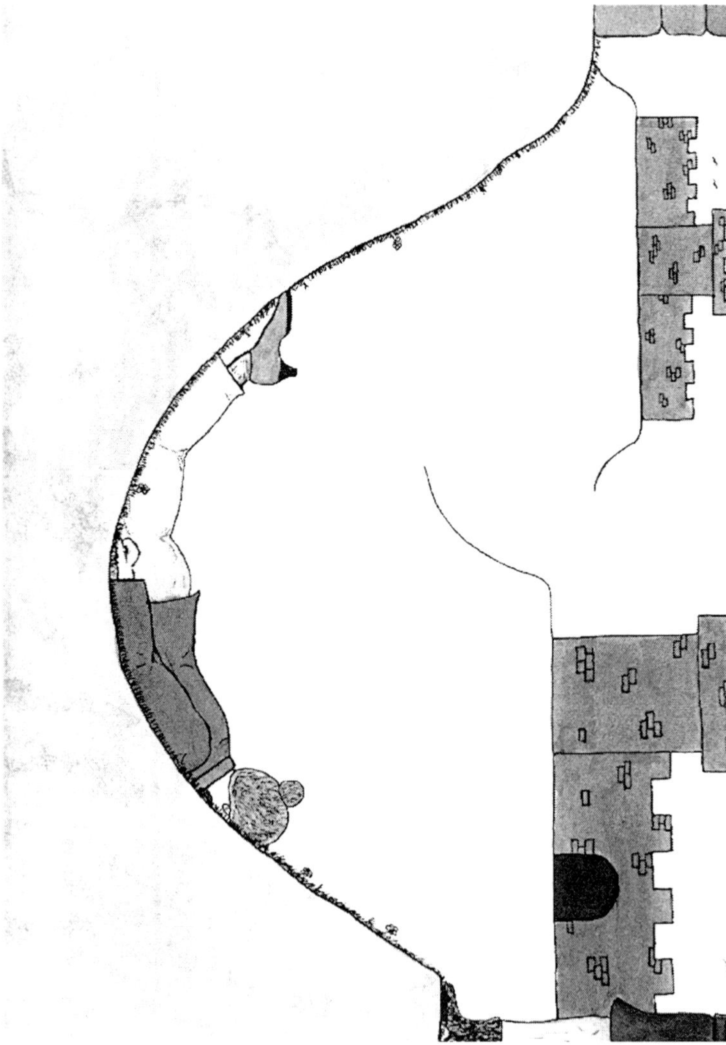

Le château qui nous attire tant est une merveille médiévale nichée au creux de petites collines et que nous apercevons de très loin : tout blanc sur une immense pelouse verte. Il se détache sur un ciel bleu (même en Angleterre cela arrive) et ressemble à l'idée que l'on se fait du château de la belle au bois dormant. Nous voulons l'admirer de plus près. Qu'à cela ne tienne. Nous enjambons des barrières, nous empruntons des sentiers privés et interdits au public. Nous poussons des grilles, sautons des murs de pierres et des buissons de ronces.

Et là, nous voyons Mauricette qui glisse sur ses hauts talons et prend son envol, bras et jambes écartés, le joli pompon de son bonnet s'agitant frénétiquement. Elle va s'effondrer dans le fossé du château, heureusement tapissé d'herbes épaisses, aux pieds d'une Yolande ahurie dont les yeux s'arrondissent de plus en plus à mesure que la course incontrôlée de Mauricette se précipite. Interdits et impuissants, nous assistons à sa chute. Josiane et André cherchent un passage moins dangereux tandis que Francis et Robert, héroïques, n'hésitent pas à emprunter le même chemin ; avec moins de témérité cependant. Mais, eux, n'avaient pas de talons à leurs chaussures. La très gracieuse chute de notre collègue attire l'attention du gardien qui, à ce spectacle, nous ouvre la grille et nous permet de ressortir plus dignement que nous n'étions entrés.

Sur la liste soigneusement établie par Yolande, il est prévu, pour ce jour-là, la visite de trois abbayes et cloîtres ainsi que de deux châteaux. La journée sera longue.

La splendeur des **Yorkshire Moors** nous étreint **:** les hautes terres couvertes de bruyères sont d'une sauvage beauté**.**

Ripon et son château. Chaque soir à vingt et une heures s'élève le son du cor. Les habitants règlent leur montre de cette manière. Cette coutume vient du Moyen Âge lorsque le veilleur de nuit prenait son poste pour veiller à la sécurité des villageois.

Deux monastères cisterciens :
Fontains Abbey

et **Rievaulx Abbey,** nichés dans une jolie vallée boisée et déserte ; le silence y est impressionnant.

Il n'entre pas dans mon propos de commenter la valeur de ce que nous avons vu, mais je ne peux que souligner, de nouveau, la façon dont les Anglais ont su mettre en valeur et conserver, dignement, ces vestiges de leur Histoire. Chacun de nous est souvent demeuré silencieux, goûtant intérieurement l'impression profonde que laissaient ces pierres, ces sculptures, ces voûtes majestueuses.

Quittant les ruines d'un cloître pour visiter un autre château, nous prenons résolument un chemin assez montant et malaisé. Bâtiment en vue à droite ! S'écrie Yolande. Puis, consternés, nous le voyons s'éloigner au fur et à mesure de notre avance. La route continue résolument à s'enfoncer sur la gauche. Pilote, demi-tour ! Les indigènes, peu évolués, ont beaucoup de mal à comprendre où nous voulons aller et encore plus de mal à nous expliquer quel chemin prendre.

Soudain, un coup de frein : une voiture de police s'arrête. Dans ce genre de cas, on se tâte un peu, la conscience pas toujours très tranquille, surtout à l'étranger. Francis s'explique, le policeman hoche la tête, répond par quelques mots brefs et remonte dans sa petite voiture. Francis a à peine le temps de nous dire : « Il nous conduit au château » que, déjà, notre guide a un demi-mile d'avance sur nous. Toute notre vie nous nous souviendrons de cette extraordinaire poursuite. Le pilote tend à prouver que l'ID n'est pas une sous-marque et ne perdra pas la face derrière une vulgaire Morris. Les passagers, de plus en plus blêmes, croient leur dernière heure arrivée à chaque virage. Dérapage contrôlé dans la cour du château. Six sourires tremblants : « Merci monsieur le policier. » Un coup d'œil à cette splendide demeure seigneuriale qui nous avait valu tant d'émotions mais, hélas ! L'horaire ne nous permet plus de visiter.

Ceci dit, ce policier est un homme charmant.

Nous sommes déçus, après tant de péripéties mouvementées, de n'avoir pu aller jusqu'au bout de notre projet ;

surtout Yolande qui, avec son perfectionnisme exagéré, ne peut supporter la moindre entorse à son programme.

Faisant contre mauvaise fortune bon cœur, nous entamons le Wharfedale et ses méandres, qui ressemble, à s'y méprendre, à la deuxième route Napoléon.

Robert est le premier à apercevoir de la neige sur les hauteurs. N'eût été la longue distance à parcourir à pied, il serait bien allé confectionner une boule-de-neige ou un bonhomme. Il était resté très enfant, comme beaucoup d'hommes d'ailleurs ; et l'euphorie d'être en vacances n'arrangeait pas son comportement. Son enthousiasme est délirant et nous avons eu un mal fou à l'empêcher de descendre de voiture.

Josiane, elle, s'extasie sur un troupeau de moutons : « *Comme ils sont beaux, comme ils sont frisés, comme ils sont noirs, mais comme ils sont gros !* » Elle rêve au méchoui grandiose que l'on pourrait faire. Les regards des autres se fixent, à leur tour, sur le troupeau. Incrédules, ils finissent par éclater de rire, ce qui déclenche sa confusion. Elle vient de s'apercevoir de sa méprise : les moutons étaient des veaux. Josiane a un besoin urgent de lunettes, mais sa coquetterie se refuse à porter ce genre de truc sur le bout de son nez coquin.

Et pourtant, des moutons, il y en avait des centaines, que dis-je ! des milliers : le derrière peint en vert en rouge ou en bleu. Ces animaux vivent pratiquement en liberté et c'est le seul moyen pour leurs propriétaires de reconnaître leur cheptel.

« *Peu importe*, exulte Francis ; *je suis daltonien.* » Il se contente, aussi flegmatique que les Anglais, de suivre un bélier, trop fier pour céder le haut du pavé à un véhicule, fût-il français et digne d'égards à ce titre. Il n'est pas question de les doubler, ces quadrupèdes. Or, la route se fait de plus en plus étroite, encore rétrécie par les tas de neige qui ourlent les bas-côtés. Le silence s'installe. Chacun s'absorbe dans la contemplation du paysage, excepté le chauffeur à qui il fallait mettre des œillères pour éviter l'accident. De temps en temps Robert murmure : « *Que de murs ! Que de murs ! Comment ont-ils fait* ? » Il est vrai que la campagne est partagée en parcelles sur des miles et des miles de murs en pierres plates, simplement posées les unes sur les autres ; un peu comme en Bretagne. Ce détail a son importance ; vous le verrez par la suite.

Soudain, fuse un cri de joie général, suivi d'un attendrissement aussi général. Une 4L veut nous doubler. Gentiment, après tout, elle est chez elle, on lui laisse le passage. Mais elle s'arrête et le conducteur s'inquiète de savoir si nous nous sommes perdus. Évidemment, six Français, en cet endroit sauvage, ont de quoi étonner ce francophile. Conversation aimable et notre ami repart rassuré.
Cet Anglais est réellement un homme charmant.

Bientôt nous atteignons Ilkley où le très chic Crescent hôtel nous attend. Robert et Mauricette, la mort dans l'âme, doivent accepter une chambre avec deux lits jumeaux. Je ne crois pas me tromper en affirmant que Robert est beaucoup moins fâché qu'il n'en a l'air : « *Enfin, un lit entier pour moi tout seul* » songe-t-il ; car, d'habitude, il doit se contenter d'un tiers de lit, sa femme s'arrogeant les deux tiers. Il faut dire que Robert est loin d'être maigre ; j'ajouterai même que ses poignées d'amour sont très confortables et fort tentantes.

Pleurs de joie : l'hôtel est « fully-licensed. » Après un brin de toilette hâtif, c'est avec un grand soupir de satisfaction que nous trempons nos lèvres dans un breuvage digne de ce nom. Depuis samedi midi, excepté la bière bue au motel de York, nos organismes n'avaient charrié, aucune goutte de boisson alcoolisée et nous ressemblons maintenant à des diabétiques privés d'insuline. La double ration d'apéritifs doubles et le rosé d'Anjou (c'est à signaler et à souligner, les Anglais n'ayant aucune culture œnologique) nous remettent d'aplomb. Nous sommes prêts à supporter vaillamment les assauts répétés d'une armée de serveuses virevoltant opiniâtrement autour de notre table. Les yeux d'André se plissent de plaisir en regardant les mini-jupes de ces demoiselles et l'on sent que la main lui démange quelque peu. La main de sa femme aussi, mais pour une autre raison que vous n'aurez aucune peine à deviner.

Notre navigateur, ou plutôt notre bourreau, nous avait concocté une journée très fatigante pour le lendemain ; donc un repos semble nécessaire en prévision.

Bonne nuit, les petits…

Où nous avons des démêlés avec des béliers avec la gastronomie anglaise avec Robert

Lundi 23 décembre.

« Prenez des forces car il faudra lutter contre le vent des moors » déclare doctement notre guide.

D'abord, le petit déjeuner : le breakfast est impressionnant et nous laisse perplexes. Pineapple ? Grape-fruit ? Porridge ? Qékcékça ? Yolande et Mauricette se décident, banalement, pour le black-coffee et les toasts and jam. Est-ce par souci de leur ligne ? Je tairai cependant, par discrétion, le nombre incalculable de toasts qu'elles engouffrent chaque matin. Il faut dire que les toasts anglais sont une merveille du genre : à la fois croustillants et moelleux ; un rêve. Je m'entends assez bien en cuisine mais, à mon retour, malgré l'achat de pain anglais dans une boutique spécialisée, je n'ai jamais réussi à imiter ou à égaler le don des cuisiniers d'Outre-Manche.

Josiane se jette à l'eau : « *Cereals for me* », dit-elle. Les messieurs lui font écho. À quoi s'attendaient-ils ?

Certainement pas à trouver dans leur assiette des pétales de maïs dorés au four et enrobés de sucre. Ils répriment une grimace de désappointement et mangent. « *Mes enfants adorent ça* » énonce André tristement ; mais il n'ajoute pas : moi aussi. Les oeufs au plat et l'excellent bacon frit calent les estomacs et nous nous sentons d'attaque. Comme je l'ai dit plus haut, nous n'avions aucune confiance dans l'art gastronomique de nos voisins d'Outre-Manche, excepté dans le breakfast ; aussi prenons-nous toujours ces petits déjeuners plus que copieux car l'avenir des repas de la journée est toujours problématique.

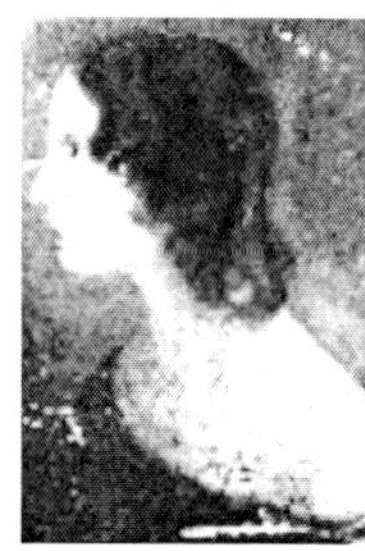

Le soleil brille, le ciel est bleu. Les dieux sont avec nous. Ravis, nous nous mettons en route pour Haworth, anciennement Gimmerton, où vivait la famille **Brontë** dans le courant du XIXe siècle.

Pourquoi cette balade ? Yolande était déjà venue explorer la région, passionnée par le livre d'Emily Brontë ; elle avait fait la difficile promenade qui l'avait amenée à la vieille ferme délabrée décrite dans « *Les Hauts de Hurlevent* ». Absolument pas déçue, au contraire, touchée profondément par le paysage désolé et l'ambiance austère entourant la ferme, elle avait voulu nous faire partager sa découverte et mis cette visite au programme ainsi que celle de l'ancienne maison des Brontë, un presbytère, et du vieux cimetière où elle avait cherché en vain la tombe de Kathleen et des autres membres de sa famille.

Cette lande des Pennines, également couverte de bruyères et de marécages sauvages nous fait découvrir ses mignons cottages aux murs de grès. Pas d'incidents à signaler pendant la longue excursion qui nous conduit, à travers les moors, aux Wuthering Heights, c'est-à-dire Les Hauts de Hurlevent.

Ni le vent ni la pluie ne nous incommodent et notre marche se déroule dans le recueillement. Des paysages magnifiques et désolés s'ouvrent à l'infini et nous les admirons respectueusement.

Kathleen et Heathcliff, les héros de cette très belle et très triste histoire d'Emily Brontë rôdent autour de nous et en nous. Les ruines de leur ferme, les moors déserts à l'infini, le silence total, seulement modulé par le vent, créent une atmosphère particulière. Les moors se souviennent et nous pensons voir les silhouettes des deux amoureux enlacés danser dans le ciel avec les nuages. C'était comme si, d'un coup de baguette magique, nous avions été transportés dans le siècle où cela s'est passé : aux environs de 1847, je crois. Selon les érudits qui se sont penchés sur la vie de la famille Brontë, cette histoire d'amour n'est qu'un roman ; pas complètement inventé puisque le village existe, la ferme existe, le vieux cimetière existe. J'ai cependant la certitude que cette intrigue était véridique d'un bout à l'autre et qu'Emily y a participé d'une certaine manière. Elle avait l'habitude de se promener des heures entières dans les moors et les gens qui la connaissaient la trouvaient un peu étrange.

Je suis sentimentale, romantique, c'est vrai ; mais j'ai les pieds sur terre. Cette impression d'authenticité historique était tellement forte qu'elle m'est restée. Je suis revenue avec un morceau de bois et une petite pierre ramassés sur les ruines et, plus tard, j'ai donné à la maison que j'avais fait construire le nom de **Hurlevent**. Le chagrin y est entré ; presque pour les mêmes raisons que dans le roman, et le résultat fut identique : tristesse, malheur et ruines. De nombreuses personnes sont passées devant ma demeure depuis que je l'ai quittée. Toutes m'ont décrit le même sentiment d'abandon, de désespoir qui s'en dégage.

Sans pouvoir le traduire clairement, elles ressentaient qu'elle avait perdu son âme.

Je suis sûre que les choses auxquelles nous sommes attachés ont une âme, une projection de la nôtre peut-être ; les choses aimées font partie de nous au même titre que notre corps. Après ma mort et mon incinération, je désire que mes cendres soient dispersées dans ce jardin qui fut le mien durant tant d'années. L'amour que j'ai éprouvé et éprouve toujours pour mon ancien foyer me laisse à penser que le passé redeviendra présent quand mes cendres seront mélangées à sa terre. L'Union sera rétablie.

D'aucuns vont penser que je suis un peu folle, mais cette constatation m'est complètement égale. J'ai toujours cherché à être en accord avec moi-même et peu importe si l'on ne me comprend pas. De toute façon, il est presque impossible d'exprimer par la parole l'inexprimable.

Je pense que, au-delà de notre vie consciente plus ou moins matérielle, existe un monde insolite parce que nous ne le connaissons pas ou peu. Un monde où des choses étranges se produisent ; étranges parce que nous ne les avons pas encore comprises ni assimilées. Je me souviens vaguement que, dans le temps, les gens pensaient que les lampyres qui luisaient dans les cimetières étaient les âmes des morts ; depuis, ce phénomène a été expliqué. Parfois je réfléchis sur ce qui paraît naturel aujourd'hui : le téléphone portable ou la télévision par exemple. Je regarde en l'air et je ne vois rien ; pourtant des images naissent sur l'écran ; pourtant le téléphone sonne où que l'on soit. Ma grand-mère aurait eu peur de ces appareils. Je pense à Louis XIV qui s'avérait assez intelligent et je l'imagine devant une voiture d'aujourd'hui. Quelle tête il ferait par rapport au nombre de mois qu'il fallait, de son temps, pour couvrir quelques centaines de kilomètres.

Chaque fait qui paraît naturel aujourd'hui ne l'est que parce que les scientifiques ont su l'analyser. Ce n'est pas une raison pour ne pas croire ce qui n'est pas encore expliqué, donc, ce qui semble surnaturel. L'homme a trop tendance à nier la réalité de ce qu'il ne comprend pas ; il n'est, cependant, qu'un point à peine visible, ou carrément invisible dans l'immensité du Cosmos. Son orgueil est aussi démesuré que son impact est minuscule.

Je m'excuse de cet aparté qui m'a éloignée de cette promenade mais elle a remué en moi tant de souvenirs que je n'ai pu m'empêcher d'en parler.

Au retour, notre groupe se scinde en deux : Robert, André et Mauricette longent les murs en haut de la vallée. Josiane, Francis et Yolande préfèrent suivre le cours du courant au bas de la pente. Mal leur en prend d'ailleurs. Ils se font invectiver par un garde-chasse répétant : « *Forbidden, forbidden* ». Qu'est-ce qu'il voulait dire ? Nous finissons par comprendre qu'il était interdit de sauter par-dessus les murs comme nous le faisions. Mais nous n'étions plus à une infraction ou à une effraction près.

Tout à coup nous voyons débouler André et Mauricette, suivis de très près par Robert, courant à perdre haleine. « *Ouf ! On a réussi à le semer* ». Mais qui ont-ils semé ? Un autre garde-chasse ? Non, un bélier qui les avait chargés.

Mauricette a senti des ailes lui pousser pendant qu'André l'entraînait dans une course folle en descente. Elle ne tombe pas cependant, malgré ses éternels talons qu'elle ne voulait abandonner à aucun prix ; son instinct de conservation étant plus fort que son instabilité.

Mais où est donc passé Robert ? Perché sur un mur. De retour de son perchoir improvisé, il nous avoue avoir un dessein secret : il s'est juré de ne pas quitter le Royaume-Uni sans avoir fait s'écrouler l'un de ces murs. Il ne comprenait toujours pas comment ces pierres, simplement posées les unes sur les autres, sans ciment, pouvaient tenir. Après un regard d'admiration sur les muscles de ses bras, nous continuons la descente vers le village. La soif nous tourmente ; trois heures de marche harassante nous font rêver à une bonne bière.

De retour à Haworth, nous avisons un pub typique. Nous nous affalons sur les banquettes avec un soupir d'aise, observés de très près par les autochtones curieux. Sont-ils gênés ? Pensez-vous, absolument pas. Ils trouvent tout naturel de nous jauger et ne voient pas pourquoi cette *inquisition* nous dérangerait.

La patronne nous propose deux dimensions de verres : le demi ou la chope. À l'unanimité, excepté Yolande qui désire son apéritif habituel, nous choisissons la chope ; cinq pichets sont déposés sur la table : cinq pichets de bière brune dont la mousse était crémeuse à souhait. Les yeux remplis de convoitise nous trinquons ; mais, à peine avons-nous trempé nos lèvres dans ce breuvage si prometteur, que cinq cris d'horreur fusent des bouches offensées. Est-il possible qu'il existe une telle bibine et qu'elle se vende ? Hélas ! Ceux qui ont trop soif font contre mauvaise fortune bon cœur et avalent leur bière avec une grimace de dégoût.

De rage, tout le monde entonne, pour la première fois et à voix haute, devant les clients éberlués, l'hymne que Josiane et Yolande avaient pondu :

_ C.K.K. c'est du champagne
_ C.K.K. c'est de l'amour
_ C.K.K. tu nous épargnes
_ Le cafard des mauvais jours
_ C'est par toi que l'on gagne
_ Des amis pour toujours
_ C.K.K. c'est du champagne
_ Du champagne et de l'amour

Et, bien sûr, les voix insistent rageusement sur le mot Champagne.

Les témoins de notre concert improvisé n'en reviennent pas ; bouche bée, ils nous regardent et se demandent, vraisemblablement, si les Français ne sont pas un peu fous. Ils ironisent déjà sur notre propension à aimer les escargots et les cuisses de grenouilles mais, là, ça les dépasse visiblement. Contents de notre exploit, nous décidons, les estomacs criant famine, de chercher de quoi nous sustenter ; rapidement, cela va sans dire, Yolande étant irréductible sur le programme prévu.

Nous tombons sur un petit café très couleur locale et nous entrons. French potatoes, bacon and eggs? Parfait. Plus de bière en tout cas. Minérals waters ? Très bien.

Eau minérale pour tout le monde, excepté Yolande qui commande un coca. Quel flair ! En fait d'eau minérale il s'agit d'une infecte limonade acide et gazeuse destinée à faire glisser des frites plus grosses que le pouce et grasses à souhait. Assez nauséeux, nous regagnons l'ID.

On roule, on contemple, on roule encore entre des murs de pierres plates que Robert regarde avec envie ; son obsession d'en détruire un ne l'avait pas quitté. Plus les murs défilent, plus son regard devient lubrique.

Depuis quelque temps les femmes se taisent ; chose étrange. Soudain l'une d'elles émet, d'une voix timide : « serait-il possible de s'arrêter auprès de l'un de ces murs ? » Les deux autres font chorus. Le pub d'Haworth leur promettait tant d'inconfort, côté petit coin, pour qu'elles eussent osé s'y rendre. On s'arrête près d'une prairie et ces dames jaillissent de la voiture. Ensemble, elles sautent la barrière ; ensemble, elles plongent derrière le mur de clôture. Pendant quelques secondes leurs époux voient dépasser, ensemble et côte à côte, trois visages contractés qui disparaissent pour réapparaître, un instant après, ensemble et radieux. Quel tableau cocasse pour les occupants mâles de la voiture ! Avec dignité, les messieurs vont contribuer, à leur tour, au cycle de l'azote et la satisfaction qui s'épanouit sur leur visage donne à penser que l'impatience de leurs épouses les arrangeait bien.

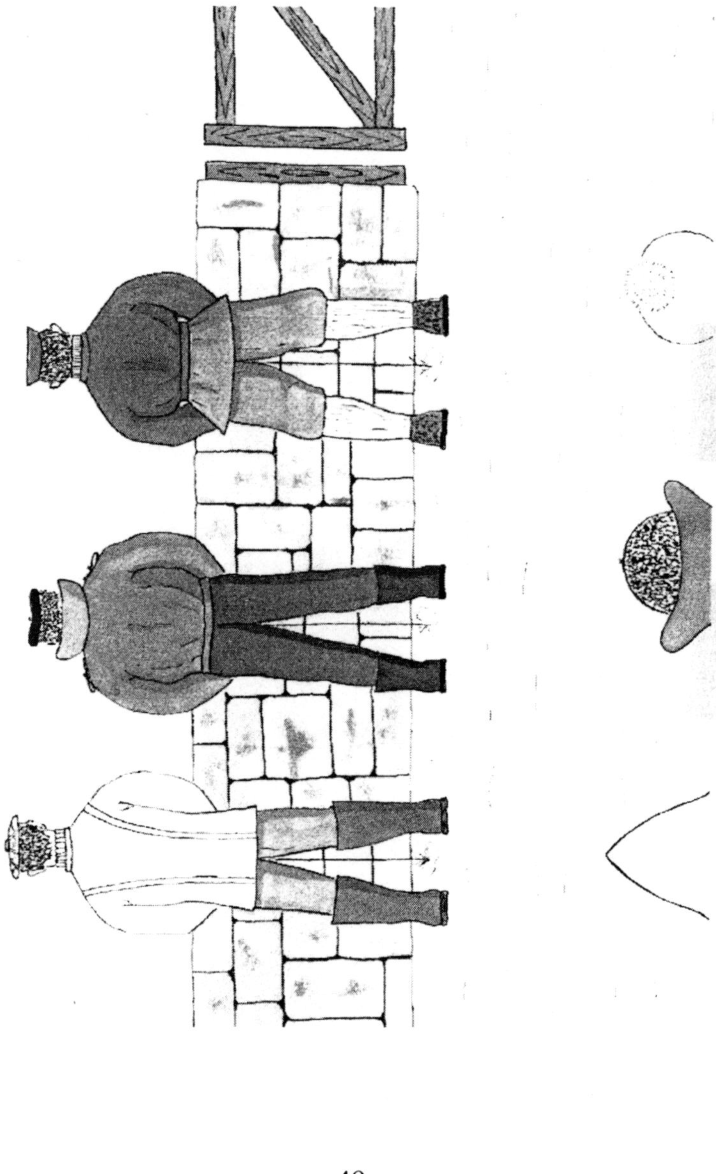

Le Lake District

Avec ses 2 280 kilomètres de lacs et de montagnes, c'est le parc national le plus grand de l'Angleterre.

Des vallées glaciaires, des roches volcaniques, des falaises, des escarpements, des précipices, des pics dont celui du **Scafell Pike** (977 mètres) qui est le point culminant du pays.

Les constructions de cette région utilisent des matériaux très variés où dominent, cependant, la pierre et l'ardoise. Je pense aux murs en pierre sèche qui sont la passion de Robert.

La végétation est aussi riche : herbes sauvages, bruyères, ajoncs, sorbiers, pins, chênes, sycomores et des pâturages de ce vert anglais si attendrissant.

Tout ce petit monde, allégé d'un trop plein de liquide, va devoir *s'accrocher*. Maintenant, plus question de s'arrêter si l'on veut parvenir avant la nuit à la cascade au pied de laquelle **Woodsworth** composa « The daffodils. »

Cet écrivain renommé disait qu'une joie intense émanait d'une totale communion avec la Nature. Il parcourait de nombreux kilomètres dans la campagne et appréciait énormément les subtils jeux d'ombre et de lumière de cette si belle région.

Aux environs de Noël, la nuit tombe vite et nous espérons de tout cœur arriver à temps. Robert, précautionneux, s'était muni d'une lampe de poche et, sur le pont romantique, nous avons droit à un spectacle « Son et Lumière » vraiment unique en son genre. Lui, braquant sa lampe de poche sur les flots mugissants, et Francis déclamant le poème, en anglais comme il se doit. Ce fut inoubliable. Nous revenons lentement vers la voiture, en silence, encore imprégnés du romantisme de cet endroit.

Quand j'étais élève au lycée et que l'anglais n'était pas encore enseigné comme une langue courante mais comme une langue littéraire, nous étions submergées de Shakespeare, de Woodsworth et autres poètes au point d'en avoir la nausée. D'ailleurs, dans ma quinzième année, je suis allée en Angleterre lors des échanges inter-scolaires et je fus très vexée des rires qui m'accueillirent lorsque j'ai ouvert la bouche pour la première fois dans ma famille d'accueil. Je m'exprimais comme ces poètes que nous avions eu tant de mal à digérer et mon anglais était pour eux incompréhensible. Je suppose que les Anglaises, si elles avaient subi le même enseignement, auraient souffert de la même ironie lors de leur séjour en France : comme si elles avaient utilisé le langage pratiqué à la cour du roi Louis XIV par exemple. Heureusement les méthodes d'éducation ont changé.

Revenons en à notre « Son et Lumière. » Les prés que nous avions traversés sont clôturés de barbelés cette fois, et non de murs. Pauvre Robert ! Pour éviter aux touristes la peine de soulever ces fils de fer afin de pouvoir passer dessous, les autochtones, ingénieux, ont imaginé de placer, par-ci par-là, perpendiculairement aux clôtures rébarbatives, trois marches de bois ; moitié dans un champ, moitié dans l'autre. Vous montez d'un côté, vous descendez de l'autre, en soulevant très légèrement le pied pour enjamber la dernière ligne de barbelés sans douleur, ni pour vous, ni pour la clôture. Très astucieux.

Les Anglais sont vraiment des gens charmants.

Il ne faut pas s'étonner si, à l'époque, le Général de Gaulle a refusé aux Britanniques l'entrée dans le marché commun. Pour avoir vécu quelques années chez eux, il était très au courant de bon nombre de leurs astuces.

Après cette journée si bien remplie, nous arrivons à Ambleside, petit village agréable situé au nord du lac Windermere, le plus vaste de cette splendide région.

Notre entrée dans l'hôtel d'Ambleside est très remarquée. Cet hôtel se pare d'un certain chic. D'où l'étonnement un peu méprisant des clients et du personnel. Six énergumènes aux bottes crottées, aux vêtements hétéroclites et chiffonnés, au langage incompréhensible, foulent la sacro-sainte moquette du hall avec désinvolture. Nos dignes Britanniques sont choqués. Le gérant, glacial, nous informe qu'il n'y a qu'une chambre avec salle de bains. Il s'est certainement dit que, de toute façon, nous en profiterions tous les six. Ce en quoi il n'avait pas tort.

Fatigués, nous acceptons sa proposition sans enthousiasme excessif et prenons possession des chambres.

Un long moment plus tard, car il a fallu attendre notre Mauricette adorée qui se faisait une beauté, nous descendons, pomponnés, bichonnés, tirés à quatre épingles, et les visages se détendent. Enfin, nous ressemblons à quelque chose d'habituel, donc de rassurant. Nous avons droit à un sourire général, y compris de l'*œil.*

Qu'est-ce que l'œil ? J'ai vécu cela aux U.S.A. En France, quand des gens entrent dans une salle de restaurant par exemple et qu'ils vous paraissent étranges, vous essayez de les dévisager de façon discrète, sans montrer une curiosité mal venue. En Angleterre, ils se retournent sur vous sans complexe, vous détaillent et font part de leurs réflexions à leurs voisins ou voisines. Enfin, seulement, ils se désintéressent de vous. Aux U.S.A. certains n'hésitent pas à vous interpeller afin d'en savoir davantage à votre sujet. On appelle ce phénomène : **L'œil.**

Après cette inspection détaillée, un peu vexés de la façon dont nous avions été reçus, *non mais,* nous décidons d'aller prendre l'apéritif au pub d'en face.

Fully licensed, O.K.
Beatniks, mini-jupes, juke-box, ivrognes, O.K.
Martini et Whisky à volonté, O.K.

Nous tombons sur un barman dont le violon d'Ingres était de composer des cocktails à base de bière et de limonade, plus un alcool ou deux. Très peu pour nous ; Francis accepte de servir de cobaye. Il est vrai que son chauvinisme le porte, tout naturellement, à représenter la France avec dignité. Demandez-lui la recette de la potion difficilement ingurgitée si vous le désirez, mais certainement pas son avis. Le pauvre ! Nous avons dû le remorquer jusqu'à l'hôtel où il s'est écroulé sur sa chaise.

Le grand air, les grands espaces, l'apéritif, creusent, et nul ne dissimule sa satisfaction en s'asseyant dans la salle à manger. Carte alléchante, plats colorés ; Yolande attend ses spaghettis à la milanaise. Malgré le geste éloquent qu'elle avait eu en les demandant : bras étendus à une hauteur assez considérable de l'assiette, le serveur ne dépose devant elle qu'une modeste soucoupe où quelques pâtes rebelles s'entrecroisent. Le comble du désespoir est atteint quand Josiane voit arriver sa truite au citron accompagnée de choux de Bruxelles bouillis. Notre pauvre amie a failli s'en étrangler. Nous aussi, mais de rire.

En Angleterre, personne n'a le droit de traîner à table. Le maître d'hôtel nous invite, gracieusement mais impérieusement, à rejoindre le salon afin d'y déguster une tasse de thé ou de café. C'est l'instant pathétique où les enragés de la canasta sortent leur jeu de cartes avec une satisfaction non dissimulée. Nous jouons à quatre. André et Francis s'étaient mis à l'écart et nous avons vite compris pourquoi. En face de nos héros, deux beautés anglaises, en mini-jupes comme il se doit, mènent joyeux tapage : gestes, paroles, innombrables verres d'alcool. Comme la plupart du temps les boissons alcoolisées ne sont pas servies avant dix-sept heures, on a l'impression que les clients se rattrapent de l'attente subie.

Comme c'est pratique de pouvoir faire ses réflexions à voix haute en étant presque sûrs de ne pas être compris. Nos deux voyeurs en ont pris pour leur grade et nous avons eu beaucoup de mal à les arracher à leur contemplation. L'anatomie féminine anglaise les passionnait. Josiane et Yolande ont voulu faire payer à leurs époux respectifs ce grave manquement au culte dont elles se réservent l'exclusivité. Bonne co-équipière, Mauricette les soutient et, toutes les trois décident de se venger sur Robert, le pauvre. Elles lui font croire qu'il va profiter de leur faveur et de leur expérience. Le malheureux se sauve dans sa chambre et va se cacher derrière les tentures. Que croyait-il pour se débattre avec autant d'acharnement lorsqu'elles arrivent à l'attirer sur le lit ? Que redoutait-il ? « *On ne te fera pas de mal, au contraire, tu verras, laisse-toi faire.* » Mais le pauvre continue à se débattre comme un forcené. Il gémit de plus en plus fort. « *Aie ! Aie !* » hurle-t-il. Mauricette, inquiète, se désolidarise de ses consœurs. « *Qu'y a-t-il Ro ? Où as-tu mal, Ro* ? » Pauvre petit Ro ; il avait attrapé le torticolis. Je tiens à préciser qu'il s'agissait bien de la nuque et du cou et non, comme vous pourriez le penser, d'un membre inférieur propice, lui aussi, à ce genre de malaise. Il y a des gens qui attirent les plaisanteries et à qui l'on a envie de faire des farces. C'était le cas de Robert, très naïf et trop gentil, toujours plein d'attentions et de prévenances, toujours serviable et disposé à toutes les corvées ; alors nous en profitions largement. Ce n'était pas chic, mais c'était si amusant ; surtout de voir la tête qu'il faisait à chaque fois ; on aurait dit un enfant puni injustement.

Le deuxième acte de cette soirée se déroule dans la chambre d'André. La vengeance est un plat qui ne se mange pas toujours froid. Cette pièce devient le théâtre d'une bataille rangée : éléments mâles contre éléments femelles. Les uns tentent de s'échapper tout en essayant de maîtriser les autres. La lutte est âpre et sans pitié. J'oublie de vous dire que cette bagarre se passait, de nouveau, sur un lit. Ce dernier, monté sur des roulettes trop bien huilées, vogue d'un bout à l'autre de la chambre sous des poussées successives et contraires. Parfois, sous une poigne masculine plus brutale, quelque rondeur féminine, gantée de noir ou de blanc, se découvre fugitivement. Au dernier engagement, le lit est retourné et Josiane roule à terre. Match nul cependant. Haletants mais tête haute, les combattants se séparent cordialement. Il ne reste plus aux propriétaires de la chambre qu'à déblayer le champ de bataille. Les comptes se règlent dans la plus stricte intimité. Le lendemain, Mauricette avoue avoir été mordue, et Josiane, fessée ; l'une comme l'autre évitant de narrer la suite plus que probable et agréable qui a suivi cette première prise de contact dans l'intimité. Yolande n'a rien révélé, nonobstant un regard égrillard, mais la paix est rétablie.

Où l'on se demande si l'on périra d'indigestion de froid ou d'asphyxie

Mardi 24 décembre

C'est la veille de Noël et la dernière étape du voyage aller.

Nous faisons du tourisme dans la région des lacs, paysages de toute beauté. Robert, stylo à bille en main, regrette le crayon en bois finement épointé avec lequel il aurait pu dessiner sur la carte l'itinéraire si soigneusement épluché par Yolande. Il était tellement bien épluché qu'il était très difficile de lire le trajet à effectuer, malgré la carte extrêmement détaillée de la région. Nous avons exploré, mile par mile, une surface, petite en dimension, mais très riche en pittoresque. Et notre navigateur ne voulait rien laisser passer. Que d'eau ! Que d'eau ! Mais que de paysages inoubliables ! À tel point que Robert ne parle plus des murs qu'à deux ou trois reprises et renonce à aller faire des boules-de-neige sur les pentes du Scafell Pike, point culminant de l'Angleterre. Il est vrai qu'il culmine si modestement qu'il faut beaucoup de bonne volonté pour l'apercevoir. Aucun sportif ne se serait soucié de l'escalader. Le fait le plus marquant de cette étape est, sans aucun doute, le nombre de demi-tours que Francis a dû effectuer avec tout son chargement à bord. La manœuvre est exécutée avec maîtrise. Les vigies se mettent à leur poste : aile avant droite, aile avant gauche, aile arrière gauche, aile arrière droite. Francis, gouvernail en main, pose des questions brèves. Aux avant-postes, la surveillance est sévère. Inversons les commandes et en avant toute ! Une fois de plus nous sommes remis sur la bonne voie. Un carrefour : **Ulpha**, huit miles.

Nous ne prendrons pas le chemin le plus court, déclare péremptoirement Yolande. Il faut absolument emprunter la **Hardknott Pass**

puis la **Wrynose Pass.**

C'est beaucoup plus sauvage. En effet nous voyons les flancs dénudés des collines avec des éboulis vertigineux, habités seulement par des moutons de montagne. Je me demanderai toujours comment les bergers s'y prenaient pour retrouver leur troupeau. Nous faisons halte en silence, très impressionnés par ce désert bizarre et qui paraît sans fin. Pas d'autre voiture que la nôtre, ce qui n'est guère surprenant : neige et froid.

Précisons que pass veut dire col ; mais cela veut surtout dire qu'il faut passer. Or, en hiver, c'est une gageure. Malgré l'obstination commune, Cocotte refuse de franchir une plaque de verglas tapie juste après un virage, sur une pente à 33 degrés. Et pour montrer sa mauvaise humeur, elle se met à brûler de l'huile. Crachant rageusement une fumée noire, elle descend à reculons le chemin qu'elle venait de monter puis s'arrête résolument et ne veut plus repartir. Elle finit par accepter de redémarrer lorsqu'on lui permet de prendre le raccourci pour Ulpha. Ceci, malgré les lamentations de Yolande que la mauvaise volonté de la voiture nous privait d'un morceau touristique de choix.
Enfin, le Travellers Rest est en vue.

Quelques mots rapides sur la région. C'est une contrée sauvage (encore et toujours) au milieu de collines et de bois, pratiquement inhabitée ; c'est ce que nous voulions dès le début. Et l'auberge, sise en bas d'une forte côte, est la seule auberge ou même maison, à des miles à la ronde.

L'entrée, réservée aux guests, est ornée de bouteilles de Martini transformées en pots de fleurs. L'augure est favorable. Nos hôtes, gens et bêtes (deux chiens et une chatte) nous accueillent gentiment et, à voir leur stature imposante, nous nous réjouissons de n'avoir pas à mourir de faim. Leur affection est à l'avenant de leur physique : débordante. L'auberge n'a que très peu de chambres donc, à six personnes, nous étions les seuls clients. Mais la chaleur de l'accueil peut-elle remplacer celle d'un bon appareil de chauffage ? Si vous allez en Angleterre dans un petit village perdu, au fin fond de la région des lacs, attendez-vous à l'insolite. Nous nous regardons, incrédules, en découvrant dans chaque chambre un ridicule radiateur à pétrole que l'hôtesse venait d'allumer avec moult difficultés et de nombreuses allumettes. Pourtant elle était prévenue de notre arrivée et nous ne tarderons pas à découvrir son sens plus qu'aigu de l'économie. Robert et Mauricette manquent, de nouveau, de se voir attribuer des lits jumeaux. Le regard assassin de Mauricette persuade sans peine son époux de montrer plus de réserve dans sa joie intempestive. Bah! Wait and see. La faim nous tenaille, mais le repas ne sera servi qu'à vingt heures. Le seul moyen d'oublier le vide de notre estomac est de le remplir de liquide : doubles Martini doubles, doubles Whisky doubles, doubles Dubonnet doubles avec doubles Gin doubles par-dessus. Nous venons de mettre le doigt dans l'engrenage. Sans nous en douter, nous avons commencé la plus belle cure d'intoxication alcoolique qui se puisse imaginer.

Enfin, à table ! Effluves grisants. Chaque plat semble exquis : un Yorkshire pudding gonflé à point ; un flan, une pure merveille ; une crème anglaise sur un gâteau imbibé de rhum et surmonté de fruits confits et de crème chantilly. Les Anglais sont vraiment des gens charmants.

Une petite exception cependant : la serveuse voulait nous retirer le plat avant qu'il ne soit terminé ; elle tire d'un côté et nous de l'autre. La victoire reste aux Français, plus nombreux et toujours affamés. Nous avons compris par la suite la raison de son insistance. Étant les seuls clients, on nous avait apporté ce dessert non entamé ; mais la patronne comptait bien en récupérer une partie pour son usage personnel. Elle s'est vengée de façon magistrale. Nous la voyons arriver, chargée de six toasts croustillants, ornés de champignons et de sauce béchamel pleine de gruyère. Nos sommes repus, ventrus, poussifs et affolés ; nous savons très bien qu'il nous faudra avaler ce dessert supplémentaire et incongru. Les sourires se crispent et nous nous extasions : wonderful ! Yes ! Thank you very much ! Yolande et Mauricette essayent d'emballer dans leur serviette la chose encore fumante. Mais impossible de le faire sans laisser de traces. Le cœur au bord des lèvres, il faut avaler ce qui est considéré chez nous comme une excellente entrée chaude mais qui, sous forme de sortie, choque terriblement. Heureusement, il y a la perspective du champagne. Mais comment avaler, à la barbe de nos hôtes qui en vendaient eux-mêmes, ce champagne ramené de France ? On décide de tenir conseil dans une chambre. Une autre surprise nous attend ; et de taille celle-là. Il y règne un froid glacial. Où sont passés les appareils de chauffage ? Il ne subsiste qu'une vague odeur de pétrole. Francis est chargé d'aller demander des explications à Miss Jenner, la charmante hôtesse de ces lieux. Ce fut laborieux. On finit par comprendre qu'une fois remplis, ces radiateurs ne peuvent fonctionner que trois heures, d'où l'obligation de les arrêter le plus longtemps possible afin qu'ils puissent marcher le plus longtemps possible, c'est-à-dire quand nous en aurons le plus besoin. Curieux mais imparable raisonnement. Nous avions complètement oublié d'ajouter à nos bagages des jerricans de pétrole. Pauvres de nous !

La découverte d'une bouillotte, maternellement déposée dans notre lit, n'est qu'un maigre réconfort. Nous décidons de nous réunir dans la plus petite chambre, de nous serrer les uns contre les autres et de boire du champagne. On rafle les verres à dents et, pour finir, la veillée de Noël se déroule joyeusement. À minuit, on entonne quelques cantiques, puis on branche le radiateur de la salle de bains en y glissant quelques pences afin de pouvoir, tout au moins, se déshabiller au chaud, avant de se glisser dans des draps glacés, car il y avait longtemps que la bouillotte avait cessé son office. Découverte merveilleuse : les réchauds ont refait leur apparition sur le palier. On s'en empare, on les allume difficilement, on empeste les chambres le temps d'en augmenter la température de deux degrés centigrades, puis on les éteint en nous promettant de les rallumer au premier instant du réveil.

Mercredi 25 décembre à six heures du matin.

Nous sommes réveillés en sursaut par une espèce de pachyderme, soufflant et marmonnant, qui entre en trombe et kidnappe les radiateurs. Le temps de réagir, elle a disparu. Beuglements, glapissements, cris inarticulés s'échappent de partout : vieille garce, sale bonne femme, etc... etc... Tout le monde court aux toilettes car les émotions matinales, le froid et le champagne ont des conséquences inévitables.

Au retour, quelle surprise ! Le pachyderme était revenu mais armé, cette fois, de radiateurs électriques dont le ronronnement nous inonde d'extase. Peuchère ! La joie est de courte durée. L'aubergiste nous explique, gentiment, que ces radiateurs ne fonctionnent qu'avec des pence, précision omise lors du premier incident, excepté pour le chauffage de la salle de bains. Or, le maximum de pence mis dans une fente à cet effet ne permet qu'une durée de chauffage de trois heures environ. Alors, à moins de faire des tours de garde toutes les trois heures, nous revoilà avec les mêmes problèmes qu'avec les réchauds à pétrole. De guerre lasse, nous décidons de ne nous en servir que le soir et le matin ; ce qui signifie que, pour la nuit, nous dormons avec ce que nous avons : caleçons longs, écharpes, pulls et autres vêtements destinés à nous tenir chaud. Le caleçon long que

Francis enfilait le jour, sa femme le mettait la nuit. Je préfère ne pas vous parler de l'odeur un peu rance qu'il exhalait. Quelle vie ! Nous voulions vivre dans l'inconfort d'une auberge perdue au milieu des bois, nous avons été servis.

Joyeux Noël !

Où l'on fête dignement Noël ; je n'en dirai pas plus

Plus tard, ce même mercredi 25 décembre.

Grasse matinée.

Flâneries à travers la campagne, accompagnés des deux chiens des aubergistes qui nous avaient adoptés. Faut-il vous avouer que, à titre privé et pour mon réconfort, je prenais ces chiens dans mon lit tous les soirs, malgré le regard réprobateur de mon mari. Ils avaient un nom amusant : Black pour l'un, White pour l'autre. Vous avez deviné. Quand on les appelle, car ils ne se séparent pas, c'est le cri national des Anglais : Black and White ! Où l'humour anglais va-il se nicher ?
Ce sont vraiment des gens charmants.

Bien nous en prend de vivre au ralenti car nous devrons subir, au cours de la journée, une série d'épreuves gargantuesques, pantagruéliques, titanesques. Ces adjectifs vous paraissent certainement très exagérés, mais encore insuffisants pour le martyre subi. Il a fallu se souvenir du nom du club : Les Kamikazes ; c'est-à-dire le club des kamikazes en kermesse, pour pouvoir soutenir ce qui nous attendait. Nos aubergistes, qui sont des gens charmants, nous font l'amitié de nous inviter à leur table familiale ce jour-là. La famille était représentée dignement par le père de Miss Jenner, honorable jeune vieillard de 83 ans, avouant sans vergogne avoir bu durant sa vie une quantité de Whisky suffisante pour faire flotter le Queen Elisabeth. Josiane, rêveuse, calcule combien de jours il lui faudrait encore demeurer en Angleterre pour battre ce record. Après réflexion, sa consommation, ajoutée à cellc dc son époux, rendrait ce délai raisonnable ; ils pourraient même faire flotter un porte-avions.

Nous revenons vite à la réalité car ce fringant jeune homme, tout en parlant, laisse sa main vagabonder capricieusement et languissamment sur le corsage de Josiane, afin, dit-il, d'évaluer la qualité du jersey français. Il avait comme prétexte de nous prouver qu'il connaissait quelques mots de notre langue maternelle, gestes à l'appui. Le pépé kidnappe Francis un bon moment puis réclame un entourage féminin : la compagnie des trois Grâces. Miss Jenner, connaissant bien son père, se félicite de l'avoir placé près d'elle à table.

Les autres invités arrivent : un couple de leurs amis et le prêtre de leur paroisse. Un dernier apéritif et nous entonnons, en guise de Bénédicité, l'hymne C.K.K.

« *À table !* » crie notre hôtesse réjouie. Nous découvrons un gentil cadeau de sa part : friandises pour les dames, cigarillos énormes pour les messieurs, chapeaux en papier multicolore et crackers (petits tubes colorés avec une ficelle qui, une fois tirée à la fin du repas, déclenche un pétard assourdissant.) Tout le monde s'embrasse et se congratule. Passons maintenant aux choses sérieuses.

Les plats vont succéder aux plats, mettant à l'épreuve nos papilles gustatives, notre capacité stomacale et notre sens des convenances. Nous goûtons avec méfiance aux poétiques branches de céleri cru, s'épanouissant sur chaque table dans un bol d'eau fraîche. Puis on nous sert une purée de pommes voisinant avec des choux de Bruxelles « *Encore !* », des pommes vapeur et l'éternelle oie de Noël **bouillie.**

Un petit aparté : en Angleterre on fait bouillir l'oie avant de la faire rôtir parfois. C'est atroce de voir comment ces sympathiques Anglais savent accommoder les viandes et légumes pour en faire des choses innommables. Je suis sûre que ceux d'entre vous qui sont allés là-bas, ont fait des expériences analogues et mortifiantes pour le palais des gourmets que nous sommes, nous, Français ; sans oublier l'inénarrable couleur vert criard de leurs petits pois. Bien.

Revenons à nos moutons, ou plutôt au festin.

Par politesse, les Jenner remplissent de nouveau les assiettes, à notre grand dam. Enfin, un temps d'arrêt : le trou normand français je suppose. Les convives reprennent haleine. En guise de trou anglais, on passe sous leur nez un magnifique fromage rond, spécialité du Yorkshire, mais on ne leur en offre pas. Le soulagement est presque général. Il est de courte durée car Miss Jenner apporte, majestueusement et avec mille précautions, cette bouillie noirâtre qui a pour nom : Pudding. Tout aussi triomphalement, elle nous annonce que ce pudding a quatre ans d'âge. Il est accompagné d'une crème au beurre, craquante de sucre, et le pépé, généreux, en rajoute une bonne ration dans l'assiette de Josiane dont le sourire se crispe de plus en plus. Puis apparaissent de petites croûtes fourrées aux raisins. Et enfin, suprême raffinement, l'hôtesse surmonte le tout d'un gros morceau du fromage décrit plus haut. Ce dernier coup provoque chez André un réflexe aussi inattendu que sonore, très apprécié par les Orientaux qui considèrent ce réflexe comme l'indice d'une grande satisfaction et comme le remerciement mérité dû aux qualités de la cuisinière. Cette fois nous ne jouons plus aux Kamikazes ; nous le sommes réellement.

« *Grignoterez-vous une branche de céleri ?* » Minaude Miss Jenner. Le « *thank you very much* » qui lui répond ressemble à un râle d'agonie.

Et ce n'est pas fini. Son époux extirpe de dessous la table, avec une mine de conspirateur, une bouteille de Bordeaux rouge qu'il déclare avoir eu beaucoup de mal à obtenir. Il la dépose délicatement dans le support destiné aux grands crus et se met à la déboucher avec moult précautions ; il en verse quelques gouttes dans chaque verre et là, un fou-rire irrépressible nous prend lorsque nous lisons la marque : vin Nicolas. C'est charmant.

Enfin, tout le monde se lève de table en se partageant les surprises qui la décoraient, en se coiffant des chapeaux de cotillon prévus à cet effet et en faisant claquer les pétards ; puis on va s'installer au salon pour boire un café bienvenu.

« *Accepterez-vous de prendre le five o'clock chez nous ?* » s'enquiert le couple ami des hôtes. Il y aura seulement quelques scones et du gâteau au beurre. Or il est déjà presque 16 heures. Nous acceptons d'une voix mourante mais le sourire aux lèvres, en échangeant des regards de condamnés à mort. Cette perspective, si agréable en temps ordinaire, nous paraît un obstacle insurmontable. Pépé, un peu éteint, s'apprête à nous quitter.

Afin de pouvoir surmonter l'épreuve suivante, nous nous éclipsons sur la pointe des pieds en vue d'une courte sieste. Tout le monde s'écroule sur le même lit, sens dessus-dessous : Francis sur un estomac bien rempli qu'il espère aplatir, les autres sur le dos, en laissant voir les peu élégantes rondeurs de leur ventre. Robert se met à ronfler, bien qu'il s'en défende.

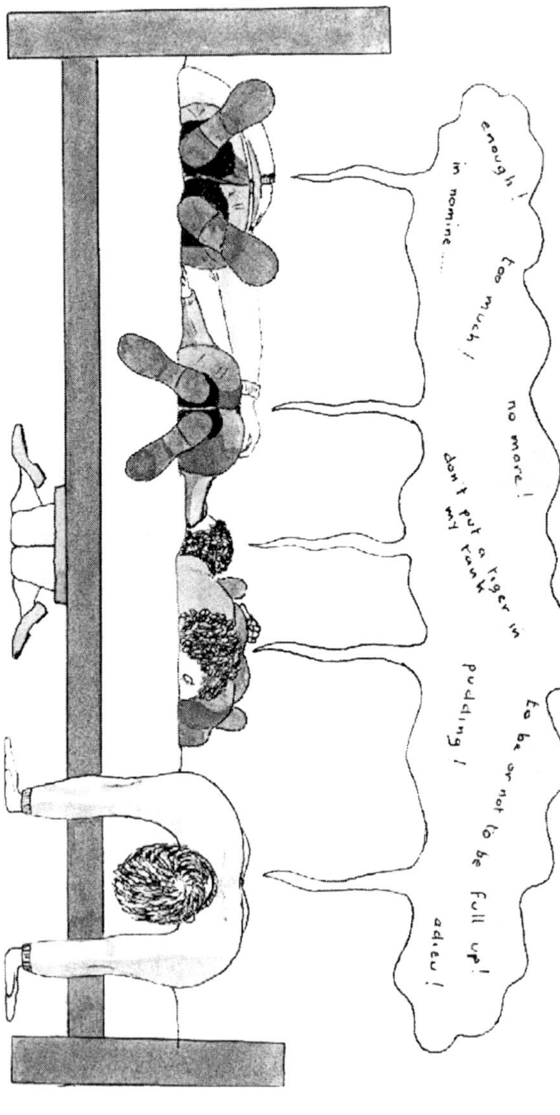
enough!
in nomine....
too much!
no more!
don't put a tiger in my tank
pudding!
to be or not to be full up!
adieu!

Malheureusement le temps passe trop vite. Il est cinq heures et le martyre va recommencer. Éreintés et ventrus, le cœur au bord des lèvres, nous essayons de reprendre la position verticale pour nous rendre à l'invitation si gentiment faite.

Le thé mijote au chaud sous sa couvre-theïère, le lait est crémeux, la température douce, les gâteaux ont l’air délicieux et le chien est très affectueux. Robert, lâchement, les refile à Yolande qui s’empresse, à son tour, de les refiler au chien, étonné mais ravi.

Pauvre Robert ; nous nous inquiétons beaucoup pour lui. Son visage change de plus en plus. Ses oreilles sont gonflées et rouges, ses yeux se sont rapetissés et s’enfoncent dans les orbites, son menton s’agrémente d’un nouvel arrondi ; et ne vient-il pas de se lever en se tenant la jambe tout en gémissant ? Il avait une crampe ; après son torticolis de l’autre jour, son état s’aggrave. Reviendra-t-il vivant en France ?

Devant l’étonnement gêné de nos hôtes, nous leur expliquons que notre ami avait une « Crampe ». Oh ! Poor little boy ! Le chien, devenu fou, court et saute dans tous les sens. Curieuse coïncidence, il s’appelait Cramp.

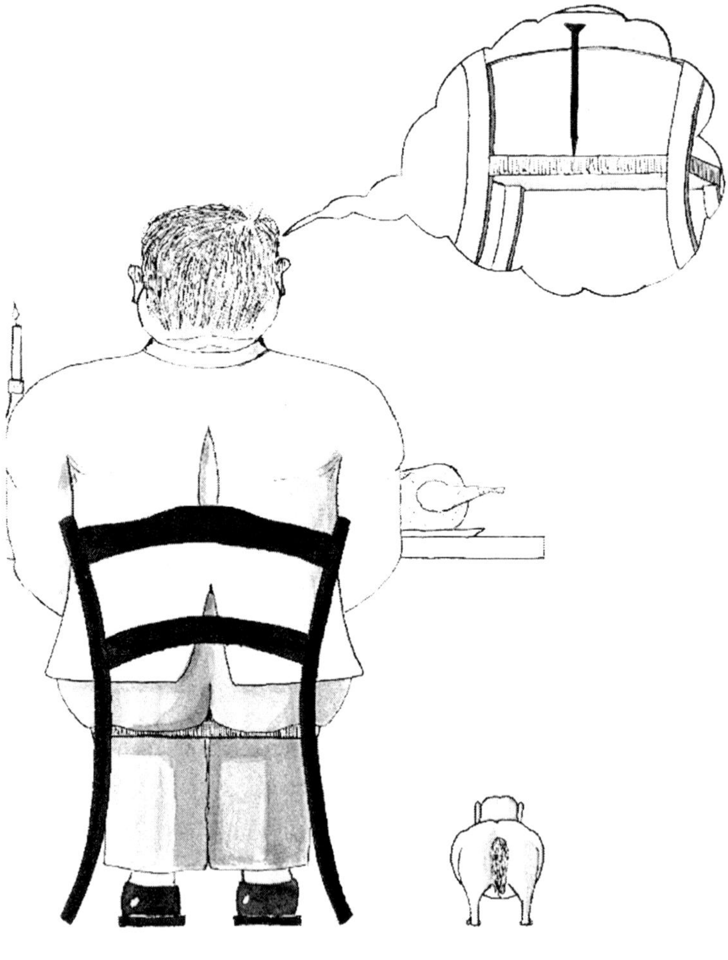

Nous prenons congé avec force remerciements, moult politesses, et nombreuses exclamations d'admiration pour leur belle maison. Au retour, vite ! Une coupe de champagne pour nous remettre d'aplomb et essayer de digérer dans un lit douillet ; demain est un autre jour. Mais c'était sans compter sur notre aubergiste, toujours aux grands soins pour ses hôtes.

Miss Jenner, toujours aussi aimable, annonce qu'elle a préparé un repas froid pour le souper. Pas de pitié.

Une sorte de bouillon attend dans une petite soupière individuelle. Chacun soulève le couvercle d'où s'échappe, aussitôt, une odeur bizarre. On découvre un liquide brunâtre qui s'avère infect après l'avoir goûté ; soupe de faisan, paraît-il. Seul Robert la trouve excellente et éprouve un certain plaisir à vider quelques soupières, soi-disant pour ne pas vexer la cuisinière. Quand je vous disais qu'il ne tournait pas rond...

Le reste du menu est relativement léger ; le soupir de soulagement est unanime.

Nous décidons d'aller faire un peu de footing sous les étoiles afin de stimuler une digestion récalcitrante.

Voilà un Noël dont nous nous souviendrons longtemps.

Et ... Joyeux Noël !

Où l'on poursuit une cascade introuvable et où l'on rate une nouvelle *pass*

Jeudi 26 décembre.

Les habitants du pays n'en reviennent pas. Le temps est idéalement beau : quelques flocons la veille de Noël, puis, le 25, un ciel pur et un soleil magnifique qui perdure. Évidemment il fait très froid, mais notre équipement pourrait supporter très aisément des températures sibériennes. Notre accoutrement peut difficilement passer inaperçu. Eh ! Bien ! Si. Personne ne se retourne en nous voyant. Les Anglais, lorsqu'ils excursionnent, ont des idées tellement plus saugrenues ; surtout lorsqu'il s'agit d'assortir les couleurs, ils font preuve d'un goût étonnant.

Revenons au 26 décembre : Boxing-day, jour de repos pour les indigènes. Nous décidons d'aller jeter un coup d'œil aux chutes d'eau qui avoisinent Ulpha. Le froid est si vif que les vitres de la voiture sont recouvertes d'une bonne épaisseur de givre. Tandis que Francis laisse le moteur chauffer un peu, nous attendons à l'intérieur de l'auberge en devisant. Et, que voyons-nous tout à coup ?

M. Jenner, armé d'une éponge et d'un seau d'eau chaude, nettoyant consciencieusement les vitres. Il fait fondre la première couche, immédiatement remplacée par une autre croûte glacée mais transparente cette fois. Cher et dévoué M. Jenner. Quel homme charmant !

Les chutes d'eau, d'après la carte, ne sont pas très éloignées. Le chemin suivi finit par nous conduire dans la cour d'une ferme. Tandis que nous caressons les nombreux chiens venus nous fêter, Francis se renseigne. On est sur la bonne voie, mais on doit continuer à pied. On peut laisser la voiture dans la cour. Nous allons d'attendrissement en attendrissement : ces chiens si affectueux, ces gens si serviables et... La découverte d'une authentique Dauphine dans un coin ; en assez piteux état il faut le dire, mais une Dauphine quand même. Et puis ces si jolis veaux frisés que Josiane confond souvent avec des moutons.

On marche, on marche, on enjambe des barrières, on gravit des murs, on saute des fossés, on enfonce dans des prairies inondées quand la pellicule glacée s'effondre sous les pas, on passe à gué des torrents, on escalade de petites montagnettes, on glisse sur des rochers, on se pique à des arbustes, mais de **Cascade ?** Point.

Et pourtant elle existe !
(*Note de l'éditeur*)

Juchés sur le plus haut sommet que nous ayons été en mesure de gravi nous scrutons l'horizon. Mais, où est la

Cascade ? Au nord, un lac ; à l'est, un village avec son clocher et son cimetière ; à l'ouest des prairies, quelques fermes isolées et des murs, des murs, toujours des murs, de longs sillages de murs ; mais de **Cascade ?** Point.

Désemparés, nous revenons à notre parking improvisé, non sans avoir traversé par effraction une autre cour de ferme. Yolande hoche une tête coléreuse et s'écrie : « *Impossible de compter sur mon époux pour servir de guide.* » Bah ! Un double Dubonnet double console de bien des déconvenues. Et puis, nous avions fait une si belle promenade.

Le jour du Boxing-day les Anglais préparent généralement un buffet froid très copieux et varié où chacun peut, cette fois, se servir selon son goût et son appétit. De nouveau, le soupir de soulagement est unanime. Des viandes voisinent avec des légumes cuits ou crus, de la dinde **bouillie-rôtie**, des desserts divers.

Quelques convives supplémentaires nous disputent la salle à manger : il s'agit d'un pasteur accompagné de deux dames. Leur consommation de céleri en branches effraie ; le ton monte immodérément à la table pastorale. Pour notre part, nous nous remettons à peine des excès de la veille. Les estomacs sont encore lourds et la plupart des pantalons ont la braguette à-demi ouverte. Nous mangeons avec modération d'autant plus qu'une autre promenade est prévue pour l'après-midi : ayant raté la Hardknott pass, nous voulons faire connaissance avec la Whrynose pass. Yolande ne peut s'empêcher d'en parler au pasteur qui lui répond qu'elle est impraticable à cause du verglas. Dépitée, elle décide de passer quand même. Donc on part dans l'intention de s'arrêter en cours de route pour aller admirer l'une des plus belles cascades de cette région.

Robert surveille les panneaux ; il faut trouver celui où est inscrit le nom du patelin : Troutbeck. Sa consonance particulière le pousse à prononcer ce nom chaque fois qu'il le repère. Sa prononciation particulière le fait sourire grassement et il ne peut s'empêcher d'émettre quelques plaisanteries d'un goût douteux. Quelques demi-tours ici ou là : Francis a l'habitude maintenant. On croise des dizaines et des dizaines de campeurs sportifs de tous âges et de tous poils, armés de bâtons et d'un matériel vestimentaire étonnant. Ce bel endroit semble être un haut lieu de tourisme.

La pancarte Dungeon Ghyll est en vue. En route pour l'escalade. André hésite puis renonce à mettre ses bottes. Il finira par abandonner, ses chaussures de ville ne font pas le poids avec leurs semelles gorgées d'eau, contrairement à ce que l'on pourrait croire.

L'ascension est pénible car les pentes très fortes et arides présentent de nombreuses roches en éboulis, rendues glissantes par la gelée : autant de pièges à éviter.

Tandis que Robert et Mauricette traînent à l'arrière, laissant André en plan et de très mauvaise humeur (il reprochera d'ailleurs à sa femme le choix désastreux de ses chaussures ; Ah ! Les hommes !) Les trois autres arrivent au pied de la cascade, complètement essoufflés et éreintés. Installés chacun de leur côté, ils se reposent en contemplant, dans un silence religieux, le paysage qui les entoure et les plonge dans des songeries poétiques ou philosophiques.

Mais la roche glacée leur gèle les fesses ; ils se relèvent pour redescendre à contre-cœur ; la montagne est si belle, idéalisée par les derniers rayons d'un soleil roux.

Au passage, on cueille un André bougon, à l'abri derrière un mur que Robert va, évidemment, essayer de pousser ; il est toujours obsédé par son désir d'en faire tomber un, sans résultat jusqu'à présent.

André, oubliant la façon dont il est chaussé, se met en devoir de descendre au pas de course, les mains dans les poches, en sifflotant. Évidemment, il glisse de plus en plus vite et finit par s'étaler brutalement sur le ventre. La couture droite de son pantalon n'a pas résisté à la pression de sa main dans la poche et cette dernière craque largement, laissant admirer à une Mauricette attendrie, l'excellente qualité de son caleçon. Nous nous consultons, un peu inquiets de la suite à donner à notre promenade.

Direction la Wrynose pass ou non ? Bah ! On verra bien si le pasteur avait raison. La montée devient plus rude et Cocotte refait sa mauvaise tête. Quel caractère ! Fumée noire à l'arrière, stop d'urgence. N'eût été l'heure tardive et le froid, nous l'aurions franchie à pied, cette pass. Nous manquons de courage et André est trempé à la suite de sa chute. Nous décidons donc de faire une nouvelle fois demi-tour et de rentrer tranquillement en surveillant les pompes à essence B.P. car Cocotte mourait de soif. Les stations B.P. ne courent pas les rues en Angleterre. D'ailleurs elles sont toutes « closed » B.P. ou pas. Le Boxing-day est respecté. Nous rentrons assez anxieux de savoir si la voiture allait ou non s'arrêter faute de carburant. Soulagés de sa grande serviabilité qui nous a menés à bon port, nous sirotons la boisson de notre choix, assis sensuellement près d'un bon feu de bois. Robert veut goûter une bière spéciale enrobée de papier doré, donc qui coûte très cher. Nous lui passons cette fantaisie pour le consoler de sa déception. Vous savez, le énième mur qu'il a essayé inutilement de faire tomber ? Le repas fini, un peu lourds de fatigue, nous reprenons nos aises devant le feu qui nous rôtit les joues : l'un sur le dos, l'autre à plat ventre, d'autres affalés dans des fauteuils. On se sent bien ; le sixième jour du voyage s'achève déjà. Nous tentons d'oublier combien le temps passe vite et d'échapper à une nostalgie commune qui se pointe à l'horizon.

Nous devisons à bâtons rompus. Nous échangeons nos impressions sur les jours trop vite enfuis et partageons le même enthousiasme débordant pour ce si beau pays qu'est la Grande-Bretagne et pour la qualité de l'accueil que nous avons reçu.

Mais surtout, nous pensons au lendemain. Nous attendons ce jour avec impatience depuis longtemps. En effet, nous allons faire connaissance avec des lords, des vrais. Et ce n'est pas une blague ; lisez la suite.

Allons-z-enfants de la Patrie ie le jour de gloire la la la la la la...

Vendredi 27 décembre.

Lord et Lady Cavendish, descendant, pour le Lord, d'un descendant authentifié de feu Sa Majesté Charles II qui avait un goût prononcé pour les amours ancillaires, acceptent de nous ouvrir les portes de leur château. Yolande, aussi adroite qu'aimable, leur avait écrit de France pour leur demander la permission d'aller les voir. Le public, d'ordinaire, n'est admis à visiter que l'été. Les temps sont durs et les héritiers de l'une de ces œuvres d'art ont beaucoup de mal, malgré l'aide du gouvernement, à garder leur demeure dans laquelle ils continuent à vivre, en bon état. Raison pour laquelle, bon gré mal gré pour les propriétaires, le public a l'infime privilège d'admirer les restes somptueux d'une royauté défraîchie.

Le Général de Gaulle périphrasait élégamment cette situation en disant : « il faut réduire les ambitions du moment. »

Mauricette a très souvent repris cette phrase à son compte quand son mari réclamait trop fréquemment une bière plus qu'onéreuse.

En tout cas, duc ou pas duc, sous l'égide de sa Gracieuse Majesté, il s'agit d'apporter sans réticence sa contribution au maintien de l'équilibre financier de l'Etat. Et quand vous êtes dotés d'un passé historique qui devient une source de déficit, il est nécessaire de changer votre fusil d'épaule. C'est ce que les descendants du duc de Gloucester ont très bien compris, en gardant cependant la tête haute. Mais il n'était pas dit que nous, Français, contribuerions à redorer leur blason et c'est, gracieusement, que nous étions conviés à visiter les lieux. Miss Jenner, avec un grand respect dans la voix, nous avait annoncé que nous étions invités à un drink. Lady Cavendish le lui avait dit au téléphone en fixant le rendez-vous au château à 11 heures le vendredi 27.

Il faut porter des fleurs déclare Yolande. Où en trouver ? À Ulpha, il ne faut pas y songer. Miss Jenner, consultée, nous prévient qu'il faut faire un crochet du côté de **Troutbeck**.

Rire discret de Robert. On n'est plus à un crochet près. De toute façon, il était prévu d'en faire un pour repérer la demeure du pépé qui nous attendait le même jour pour le thé.

Dénicher des fleurs à Troutbeck, le lendemain du Boxing-day, c'était chercher une aiguille dans une botte de foin. Après de nombreuses palabres, on se retrouve nantis d'un majestueux caoutchouc ou ficus si vous préférez, calé entre les jambes d'André à l'arrière, avec mission de le surveiller attentivement. Malgré les cartes et multiples explications des aubergistes, le château n'est pas facile à trouver. Dans le village, les gens, interrogés, s'étonnent : « on ne peut pas le visiter en hiver. » Nous répondons, avec un rien de vanité : « mais nous sommes attendus ! »
Enfin, nous franchissons le cattle-grill.

Pour les non-initiés, il s'agit d'une grille spéciale, posée à même le sol, qui empêche le bétail de se sauver car il ne peut passer sur ce genre de grillage ; et le bétail étant très présent dans ces régions, nous avions déjà franchi, au cours de notre périple, une quantité impressionnante de cattle-grills, presque autant qu'il y avait de murs.

Un peu intimidés devant la porte monumentale, nous nous serrons les uns contre les autres en soutenant le poids imposant du ficus tandis que Francis appuie un doigt résolu sur le bouton de sonnette. Quelques instants d'attente, puis l'huis s'ouvre sur un gentleman en col Mao sous sa veste de campagne. Légèrement surpris par cette tenue peu conforme à l'idée que nous nous faisions d'un châtelain, nous répondons aimablement à ses congratulations. Il nous invite gracieusement à entrer et nous fait gravir l'escalier qui mène à ses appartements privés.

Nous longeons un couloir dont les murs sont constellés de tableaux représentant leurs ancêtres, Charles II y compris, à la place d'honneur. Lady Cavendish apparaît à son tour. Nouvelles congratulations et sourires réciproques. Une porte claque et le dernier héritier de la branche cadette et ancillaire du roi Charles II, apparaît : digne jeune homme efflanqué, à la mèche toute britannique, dans lequel on décèle, de prime abord, toutes les vertus du parfait Tory. Puis, comme dans un ballet bien réglé, surgissent deux autres membres de la famille. Nos yeux s'écarquillent d'étonnement car le style Hippie semble influencer fortement les deux adolescents.

Nous pénétrons dans un salon où André peut, enfin, se débarrasser dans les bras de la duchesse de son encombrant fardeau de verdure. Remerciements, compliments, on s'assoit pour faire plus ample connaissance.

Un message nous attendait de Miss Jenner : elle avait téléphoné pour nous prévenir que le pépé ne pourrait pas nous recevoir car il était grippé. Nous n'y avons pas cru un seul instant. Il s'agissait certainement des conséquences des agapes de Noël, qu'elles soient dues au repas proprement dit ou aux résultats de sa visite prolongée sur la qualité du corsage de Josiane ; la grippe n'y était certainement pour rien.

La conversation est facile car nos hôtes s'expriment en un français plus que passable. La maîtresse de maison et sa fille nous proposent du café et un morceau de gâteau de Noël. Nous acceptons volontiers. Et c'est alors que Robert, toujours lui, occasionne une certaine émotion. Sollicité de tous côtés : un café par-derrière, un gâteau par-devant, le sucre à gauche, une cigarette à droite, un homme qui lui parle devant, il ne pense qu'à fuir. En s'affolant, il lâche son assiette et la solennelle tranche de Noël britannique, déjà vieille de trois jours et trônant sur une commode, s'aplatit sur le tapis. Consternation générale. Avec l'habitude que crée une excellente éducation, on s'empresse de lui amener son guéridon personnel. Notre ami s'épanouit.

Le manteau de Yolande fait son petit effet. Est-ce votre cadeau de Noël demande Lady Cavendish ?

Les collants ajourés de Josiane ravissent le duc : *« Very nice ! Very nice ! Le goût français est inimitable ! »*

Quant à Mauricette, elle baisse modestement les yeux sous le regard admiratif du jeune Lord. Elle baisse les yeux, mais laisse filtrer un regard velouté qui ne dit rien qui vaille à son époux légitime.

Aimez-vous les mini-jupes nous demande-t-on ? Les messieurs qui louchaient depuis quelque temps sur la jeune Lady acquiescent immédiatement. Après approbation de la gent féminine, Lady Cavendish nous propose de téléphoner à la ville voisine pour nous recommander à la gérante d'une boutique de mode.

Ce sont, véritablement, des gens charmants.

Enfin nous commençons la visite de leur résidence, guidés par la famille au grand complet. Une profusion de meubles, de tableaux, de bibelots, de livres, s'offre à nos regards émerveillés. Lady Cavendish se lamente légèrement sur les housses, le désordre provoqué par les travaux d'entretien ou de remise en état, mais très fière de nous montrer ses trésors. Yolande a l'infime privilège de poser son joli derrière sur un siège Chippendale… mais **Louis XV** tout de même. Elle est demeurée toute chose durant un bon moment.

Je dois vous avouer que, malgré son caractère révolutionnaire, elle garde une prédilection marquée pour l'époque où les rois régnaient, à condition d'être du bon côté de la barrière.

D'ailleurs, sans honte aucune, de nombreuses fleurs de lys ornent sa maison : petit pont surplombant sa pièce d'eau et ouvragé de fleurs de lys en fer forgé, ainsi que ses ferronneries de fenêtres et, comble du ridicule pour les opposants, un écu en bonne place au-dessus de sa cheminée, agrémenté d'une maxime assez humoristique appropriée à son nom de famille et que je ne puis vous révéler à mon grand regret. Avec sagesse, nous avions conclu : à chacun ses fantasmes.

Au cours de la conversation nous apprenons que la reine allait venir passer quelque temps chez eux la semaine suivante. À quelques jours près, nous aurions pu la rencontrer dans les couloirs. Je me demande si nous l'aurions reconnue.

La visite achevée, Lord Cavendish nous propose une promenade dans le parc pour admirer son élevage de daims mouchetés. Les dames prennent congé et nous invitent à revenir au printemps. Le Lord charge quelques-uns d'entre nous dans sa Volvo et l'ID suit tant bien que mal car le chauffeur de la Volvo, passionné des 24 heures du Mans, slalome sportivement à travers les pelouses entre les daims effarouchés qui fuient dans tous les sens.

Il reste un peu de temps avec nous puis, après mille excuses, s'en va en laissant l'héritier du titre continuer à nous faire explorer le domaine. Ce dernier marche en avant et découvre à chaque pas et à nos yeux éberlués un merveilleux, majestueux, somptueux trou derrière le talon de sa chaussette gauche. Pour les Grands, rien n'est petit.

Il nous honore de quelques confidences sur ses occupations, ses projets, les difficultés matérielles que la famille rencontre pour entretenir le domaine et... les vêtements.

D'ailleurs sa mère avait avoué, dans la bibliothèque, devoir épousseter elle-même les innombrables livres rares qui s'y trouvaient par manque de personnel qualifié et également par souci d'économie.

Malgré l'extrême gentillesse de nos hôtes, il se fait tard et l'heure de la séparation a sonné ; si nous voulons qu'un aubergiste accepte de nous servir, il est plus que temps de quitter ces lieux chaleureux. Après de nouvelles et réciproques salutations amicales, ravis, nous nous dirigeons vers le motel voisin.

Très allègres après cette visite aristocratique et un apéritif bien tassé, et au vu du menu appétissant, varié et agréablement présenté, Yolande et Josiane décident de commander une Veuve Clicquot pour elles-deux sur leur bas de laine personnel. Toute leur vie, elles regretteront de n'avoir pris qu'une demi-bouteille ; il était si bon.

L'établissement était bien fully licensed ; seulement, passé 14 heures, plus moyen d'obtenir quoique ce soit d'alcoolisé ; c'était la loi. Mais le patron, un Italien hilare, avec un clin d'œil de connivence, convie tout le monde à se jucher sur les tabourets du bar. Il offre une tournée générale de Whisky. Deux ou trois habitués se joignent à nous pour comparer les mérites des différentes marques de

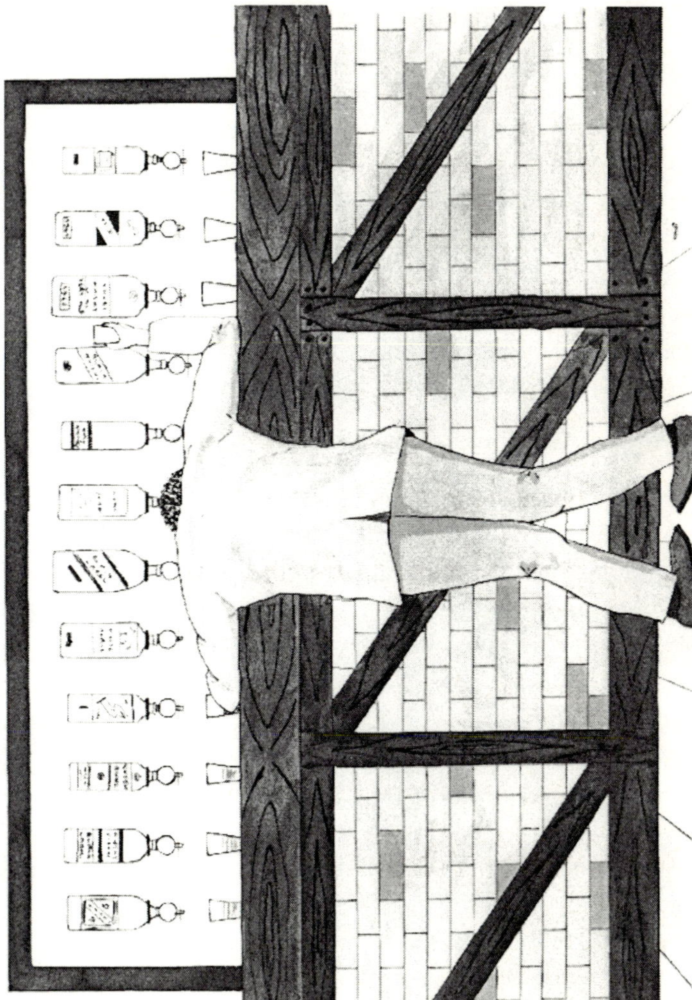

Whisky vendues dans cet établissement. Elles avaient ceci en commun, c'est qu'elles se laissaient boire facilement, trop facilement. Chacun payant sa tournée, c'est en titubant que l'on redescend de son siège. Et on s'appelle par son prénom et on se donne de grandes claques dans le dos…

Ah ! Ces Anglais sont des… Dois-je ajouter *gens charmants ?*

Distribution de plateaux en métal et de cendriers publicitaires.

Visite détaillée du motel. Il faut traverser la cour pour se rendre aux appartements, mais l'air frais fait du bien ; regards d'envie sur les lits avenants et les coussins accueillants. Dommage !

Démarrage sur les chapeaux de roues ; il est trop tard pour entreprendre une excursion. D'ailleurs l'achat des mini-jupes était décidé depuis longtemps. Hélas ! Avec le retard accumulé, le magasin en question est fermé ; on fait boutique sur boutique, parmi ceux qui sont ouverts au lendemain du Boxing-day. Dans l'une d'elles une charmante demoiselle, très court vêtue comme il se doit, présente quelques modèles. André a l'audace de lui demander ce qu'elle porte en dessous ; l'effet des whiskys ? Sans se démonter elle répond : « *vous seriez fort surpris.* » Les femmes sont sidérées, surtout la sienne ; elle n'en revient pas de l'impertinence de son époux.

La nuit tombe, les effets de l'alcool commencent à se dissiper mais le froid à se faire sentir ; retour à l'auberge.

Quelqu'un prononce la phrase fatidique : « il faut préparer les valises ce soir car demain on se lève tôt. »

En effet, le retour se profile sérieusement à l'horizon. Soupirs, soupirs, mais il y aura d'autres voyages ; et puis il reste deux bouteilles de champagne à vider, et puis Miss Jenner a promis du mouton pour le dîner : **bouilli-rôti** comme d'habitude et choux de Bruxelles comme de juste, accompagné, pour le mouton, d'une sauce flageolante et bizarre, dégageant une odeur de menthe prononcée dont nous n'avons jamais connu la provenance exacte.

Avant de nous mettre à table, forts de nos expériences passées, nous demandons quel sera le dessert, la prudence étant devenue notre premier Credo. Entremets sucré suivi, je vous le donne en mille, de toasts grillés tartinés de sardines au beurre. Un homme prévenu en vaut deux et, malgré l'étonnement de la serveuse, nous décidons de manger les toasts avant le dessert.

Je dois quand même vous avouer quelque chose. Exceptés les goûts un peu étranges de l'aubergiste, mais dont, tout compte fait, nous nous étions très bien accommodés, les seules et souventes fois où nous avons bien mangé en Angleterre, c'était dans des restaurants indiens ou indochinois ou français.

J'excepte cependant le Yorkshire pudding excellent dont je vous donne une vague description : un rôti sur une grille dont le jus coule tout doucement, au cours de la cuisson au four, sur une pâte travaillée (farine, jaunes d'œufs, lait) et qui s'avère gonflée et croustillante à souhait. Je suis, sans prétention, une bonne cuisinière ; mais je n'ai jamais réussi à faire un bon Yorkshire pudding. Bravo les Anglais !

Revenons à cette dernière soirée chez nos amis si charmants.

Il faut régler la note. Chacun vide consciencieusement ses poches, un peu inquiet. Nous avons tellement été gâtés par les Jenner que nous craignons l'ampleur de notre dette. Après la lecture longue et fastidieuse de notre décompte, nous réglons ce que nous devons et, atterrés, nous contemplons le désastre. De tout le tas de livres sterling réunies, il ne revient qu'un petit, tout petit et modeste penny, que nous avons ramené et exposé au club comme une pièce de collection. Raides comme des passe-lacets, il faut pourtant trouver de l'argent anglais pour pouvoir effectuer le retour en continuant à manger et à dormir. Les prisons de Sa Majesté, aussi confortables qu'elles puissent être, ne nous inspiraient pas. Ne vous étonnez pas ; à l'époque, les cartes Visa ou similaires n'encombraient pas notre portefeuille.

En attendant, buvons aux vacances, buvons à la santé d'Ulpha, buvons à nous, buvons à vous, buvons à la santé du C.K.K. et jetons nos verres à dents en plastique par-dessus notre épaule, à la russe.

Les événements de la journée en valaient la peine.

Nous étions fiers d'être Français.

Nous étions fiers d'être des Français chez les Anglais.

Nous étions fiers d'être des C.K.K.

Allons enfants de la…

Le jour de gloire est terminé.

Il est temps d'aller se coucher.

Good night

Tous les chemins mènent-ils à Douvres ?

Samedi 28 décembre au matin.

La météo se montre pessimiste. Toute la partie ouest de l'Angleterre est paralysée sous la neige. L'itinéraire prévu par Yolande et qui nous permet d'éviter Londres s'avère impraticable. Les Jenner nous en propose un autre qui nous ferait contourner la capitale sans problème.

« Merci beaucoup, au revoir, à bientôt ! »

Bonne année !

Adieu Ulpha !

Une dernière poignée de main, une dernière caresse aux animaux et nous partons le cœur serré. C'est que nous avons fini par les aimer, ces Anglais si charmants.

La route sera longue aujourd'hui.

Dans la nuit, noire encore, deux phares se rapprochent et semblent faire des appels au détour des lacets de la route. Francis stoppe pour laisser passer cet automobiliste pressé. L'inscription que la voiture arbore sur le côté : hands with Rhodésia, nous permet de reconnaître la voiture de M. Jenner qui passe par la vitre la serviette diplomatique oubliée. Heureusement qu'il avait participé à des courses automobiles autrefois. Nous dépassons la pancarte Troutbeck et surprenons Robert en train d'écraser une larme furtive. Et...

Les kilomètres succèdent aux kilomètres, en rase campagne ou au large des villes. Le givre, la neige, le froid, rendent cependant le voyage agréable. Dans le chaud cocon de Cocotte, serrés les uns contre les autres, nous profitons des paysages d'hiver entrevus et parlons peu ; chacun ruminant et se souvenant de ces journées passées et si riches à tous points de vue.

Les routes dégagées permettent d'arriver dans des délais raisonnables aux environs de Birmingham.

Deux démarches à faire :

- La première consiste à trouver un bureau de change afin de convertir les derniers francs en livres.

- La seconde à dénicher trois mini-jupes car les femmes ne démordent pas de vouloir rentrer en France avec cette nouvelle coquetterie qui va leur permettre, à la prochaine réunion C.K.K., de se pavaner les jambes nues ; quand je dis les jambes c'est un euphémisme car, selon André, ces petites jupettes s'arrêtent au ras de la touffe. Quelle expression ! Mais qui donne une idée très juste du spectacle. En outre, et elles n'en seront pas peu fières car, en France, les mini-jupes n'ont pas encore fait leur apparition ; alors, vous pensez si elles y tenaient.

L'une et l'autre s'avèrent difficiles à mener à bien.

Un aéroport voisin permet de se remplir les poches. *« Moi, je te dois tant, toi tu me dois tant. »* Les comptes s'équilibrent.

Il faut également songer au repas. Nous dédaignons les restaurants, buffets, grill-rooms de l'aéroport et faisons route vers le premier restaurant venu. Nous renonçons devant l'armée de véhicules qui y stationnent et aboutissons dans une sorte de snack qui présente des mélanges de nourriture inattendus. Nous évoquons avec nostalgie la cuisine de Miss Jenner sans, pour autant, regretter les choux de Bruxelles ou le pudding de Noël ; mais le reste, tout le reste ! Nous pensons surtout à la bière, cette bonne bière mousseuse. Ici il faut se contenter d'une infâme boisson gazeuse aux succédanés de fruits ou de thé. Trouver une table s'avère aussi difficile que de choisir son repas. Excepté Robert qui revient avec un plateau où s'amoncellent des paquets de sandwichs en plus de son assiette garnie. C'est, paraît-il, pour le cas où nous aurions faim l'après-midi, ou bien si nous nous perdons dans Londres malgré les conseils des Jenner. Toujours prudent notre ami. Après cet « excellent » repas avalé le plus rapidement possible, le moment est venu de sortir les plans, les cartes, les itinéraires et d'ouvrir les yeux. La banlieue de Londres approche. Ça y est. Nous y sommes ; tournons, virons, avalons des kilomètres sans succès. Vers dix-sept heures nous n'y tenons plus ; à boire par pitié ! Un café, fully licensed, est ouvert ; on se précipite pour en ressortir aussitôt car il est encore trop tôt pour les boissons alcoolisées : on ne sert que du thé, du café ou du chocolat. Beurk !

De désespoir, nous allons acheter au supermarché voisin de quoi nous abreuver correctement. Je trouve un peu ridicule cette loi qui ne permet pas aux cafés, pourtant fully licensed, de servir avant une certaine heure quand les supermarchés vendent ces mêmes boissons à n'importe quel moment de la journée. Enfin, il vaut mieux ne pas chercher à comprendre.

Les mini-jupes continuent à obséder ces dames et, saisies par le démon du shopping, parcourent les rues commerçantes à pas pressés ; elles sortent enfin d'un énième magasin avec l'objet de leur convoitise : les mini-jupes sont achetées.

Tandis que Francis s'explique avec un boby qui lui reproche le choix de son stationnement, les autres se dépêchent d'ouvrir leur bouteille de bière. La déception ne tarde pas ; en fait de bière, c'était du cidre. Ah ! Ces Anglais ! Ils ne changeront jamais !

Avant de quitter définitivement la perfide Albion qui nous fut si accueillante, nous désirons faire une dernière provision du passé ; et quel passé ! Un passé vieux de plus de 4000 ans : **Stonehenge**.

Ce monument préhistorique a intrigué de nombreux visiteurs dont des peintres et des écrivains.

Sa signification demeure énigmatique : s'agit-il d'un observatoire astronomique ou bien d'un sanctuaire voué au soleil ? Les deux sont possibles également. L'axe principal se trouvant aligné sur celui du lever du soleil au solstice d'été, ce pourrait effectivement être un observatoire aussi bien qu'un culte dédié au Dieu Soleil avec sacrifices humains ou autres. Pourquoi pas ? Il ne s'agit pas d'un monument celtique puisque les druides n'arrivèrent en Grande-Bretagne que vers 250 avant Jésus-Christ.

Quoi qu'il en soit, il dégage une impression étrange, comme s'il nous demandait de nous taire. Le silence est tellement omniprésent qu'il en devient matériel ; à la fois lourd physiquement mais également chargé d'un passé inconnu que l'on aimerait tant découvrir. Ce n'est pas un silence chargé d'horreur ou d'effroi, comme il m'est déjà arrivé de le ressentir dans des endroits où il s'est passé des événements atroces ; c'est un silence reposant qui inspire le respect d'abord, puis l'étonnement et l'admiration. Comment des hommes ont-ils pu, sans les moyens modernes actuels, édifier de tels « monstres » de pierre ?

Je pense à l'île de Pâques par exemple : une énigme parmi tant d'autres, avec ses statues géantes monolithiques, les appelées les moai.

Il m'arrive souvent de visiter des cathédrales, des églises ou des chapelles. Excepté le respect dû à un lieu saint, je ne ressens pas grand-chose. Néanmoins, dans certaines chapelles très simples, j'avais l'impression que les murs me renvoyaient l'écho des prières passées, des douleurs passées, comme s'ils conservaient en mémoire les implorations de tous ceux qui étaient venus supplier.

Dans une petite chapelle perdue, en Bretagne et dédiée aux pêcheurs, mon émotion, ce jour-là, fut intense. On aurait dit que les femmes de ces pêcheurs qui venaient s'agenouiller avec foi, avec amour, et dans l'espoir que leur homme revienne sain et sauf, y avaient laissé un peu de leur vie, de leur peine, de leur peur. Le bonheur se passe de prière ; pas le malheur. Les murs ont-ils une mémoire ?

Mais le temps passe. Il faut faire contre mauvaise fortune bon cœur et reprendre la route pour Douvres où l'hôtel White Cliffs nous attend. Hôtel très chic. Notre arrivée provoque son petit effet habituel, ne serait-ce que par la quantité de bagages hétéroclites que nous empilons dans le hall.

Oh ! Surprise ! Il y a le chauffage central dans les chambres. Pleurs de joie ; on commence à ressentir les raffinements de la civilisation française. Détendus par la perspective de retrouver nos habitudes, nous commençons par profiter d'une chaleur moderne complètement oubliée puis nous nous habillons pour le dîner en sachant que nous allons déguster le dernier apéritif de notre séjour.

Yolande fait du charme auprès du barman pour qu'il accepte toute sa monnaie, non convertible en francs.

Enfin nous mettons les pieds sous la table dans une salle à manger, style Belle Epoque, où une pianiste, vieillotte, attifée telle une Diva de 1900, coiffée à l'Epagneul, interprète quelques morceaux démodés. Les vieux airs ne sont pas mauvais, loin de là. Je me souviens, toujours avec émotion, des chants qu'entonnaient parents et grands-parents lors des fêtes familiales. Ils étaient très beaux, très émouvants et leurs paroles avaient un sens, davantage que la plupart des airs entendus de nos jours. Seulement le style de la salle à manger, pratiquement déserte à cette heure tardive, allié à son style, créaient une ambiance assez déprimante pour nous qui enterrions nos vacances. Dieu merci, étant donné l'heure tardive, elle quitte la salle assez rapidement. Le menu et le rosé sentent bon la France. Décidément le voyage s'achève et ce sera notre dernière nuit sur le sol anglais, à moins que nous n'y mourussions de chaleur car, à notre grand dam, il a été impossible de réduire le chauffage. Honnêtement, je peux dire que le chauffage anglais ne vaut pas celui de notre bon Pays. Quoique…ne soyons point trop chauvins. Il me souvient de certains Novotel où c'était le même problème. En tout cas au White Cliffs c'était tout ou rien. Avant, chez les Jenner, on crevait de froid et, ici, on crève de chaud.

Chefs d'œuvre en péril ou rentrerons-nous sains et saufs ?

Dimanche 29 décembre.

Durant la nuit, la situation est dramatique : nous sommes réduits à devoir choisir entre l'étouffement ou la congestion pulmonaire. Nous passons la nuit à ouvrir et à refermer les fenêtres. Nous repoussons les couvertures, ruisselant de sueur, pour aller les rechercher dès qu'un souffle d'air glacial envahit la chambre.

Le matin, la plage est recouverte de neige ; on ne sait plus très bien où elle commence et où elle finit, avec une mer presque aussi blanche qu'elle. Quant à l'hôtel, emmitouflé lui aussi, il mérite bien son nom : White Cliffs.

Dernier breakfast où les uns se cuirassent copieusement l'estomac tandis que les autres choisissent de garder le ventre vide en vue de faire la traversée sans histoire.

Pour la dernière fois, on charge la voiture. Mais, pour le bien, il faudrait se débarrasser de quelques vestiges encombrants, telles les bouteilles de champagne vides bues à

Ulpha et que nous n'avons pas osé jeter chez les Jenner. Il y a tout de même des limites. Robert les avait cachées dans le sac à linge sale conjugal. Il décide de les abandonner dans les poubelles de l'hôtel. Mais pour ne pas se faire voir trop ostensiblement, il part avec le sac à linge. Toujours aussi mesuré dans ses gestes, il lâche quelques sous-vêtements diaphanes appartenant à sa femme et qui vont, un instant, côtoyer des trognons de choux ou autres déchets indignes de frôler ces délicates choses. La colère de Mauricette est à la mesure de son attachement pour l'élégance de ses vêtements dont elle use immodérément ; ce qui permet à son mari de lui reprocher l'excès de ses recherches vestimentaires ainsi que leur coût.

Match nul ; ils s'embrassent en vue d'une réconciliation qui se fera sans témoins. Neuf mois plus tard environ, notre amie met au monde un superbe garçon, longtemps désiré ; comme quoi les disputes suivies de réconciliations ont parfois du bon.

Les sandwichs du restoroute vont également à la poubelle. Personne ne se doutait que nous allions les regretter grandement.

Les derniers miles s'avalent prudemment ; on ne sait jamais, la perfide Albion pourrait nous jouer un mauvais tour. Il est question de faire poser les pneus à clous mais cette idée est repoussée. Nulle part nous n'avons entendu dire que la douce France accueillerait ses « ressortissants » froidement. Wait and see.

Formalités douanières réduites : on sort plus facilement du pays que l'on y entre. The Maid of Kent, c'est le nom du bateau, s'éloigne lentement des blanches falaises de Douvres et vogue sur une mer calme, sous un ciel bleu qui ne nous avait jamais abandonnés. Nous avons le cafard en quittant ce pays accueillant : pas seulement parce que les vacances sont finies, mais les breakfasts vont nous manquer et, contrairement à ce que vous pourriez croire, les Anglais aussi ; enfin, certains Anglais. Durant le voyage, nous nous sommes rendu compte de la différence de caractère qui existe entre l'Anglais des villes et l'Anglais des champs. Autant l'un est désagréable, anti-touriste, au point qu'il est capable de vous indiquer une mauvaise direction pour vous « emmerder" autant l'autre est aimable, serviable et prêt à aider les touristes égarés.

Je ne vous ai pas encore parlé de la ville de **Brighton**.

Malgré les mensonges éhontés de Cocotte nous y sommes tombés en panne. Le temps que la réparation soit effectuée, il a fallu passer une nuit dans cette charmante ville. Nous avons échoué dans un hôtel Vieille Angleterre, avec un mobilier datant de la reine Victoria, des tentures lourdes et fanées, et occupé par une kyrielle de vieilles dames, veuves pour la plupart, un peu comme aux U.S.A. Ces dames charmantes se sont précipitées sur nous sans nous lâcher une seule seconde, au point que nous nous sommes sauvés pour le repas du soir, à leur grand désespoir. Je pense qu'elles nous voyaient comme un souffle de vie, de changement, dans leur existence réglée et sans surprise, presque végétative, en attendant la mort. Il vaut cependant mieux l'hôtel que la maison de retraite, n'est-ce pas ? En tout cas nous leur avons apporté de la nouveauté ; les questions ont fusé ; elles étaient infatigables. Comme beaucoup de vieilles personnes, elles étaient très curieuses et voulaient tout connaître de notre vie.

Le lendemain nous avons déjeuné avec elles et, quand nous sommes partis, elles étaient toutes sur le perron avec de grands signes d'au revoir et quelques larmes, évidemment. La jeunesse s'en allait et leur jeunesse s'évaporait de nouveau. Quand nous étions avec elles, elles avaient oublié leur âge et, en pensée, retrouvaient le nôtre.

Malgré leur extrême gentillesse et à cause de leurs trop nombreuses questions nous étions donc allés dîner à l'extérieur dans un restaurant indien. Repas excellent, serviettes humides et parfumées, œillets parfumés naturellement et chimiquement, donc plus qu'odorants et offerts par la maison. Ce fut un autre très beau souvenir.

Revenons à nos moutons, c'est le cas de le dire, ces derniers étant devenus une obsession durant le séjour, avec les murs de Robert, évidemment. Et retournons sur le bateau qui nous ramène au pays.

Donc la Canasta occupe la traversée et André s'approvisionne en Whisky dont le tarif défie toute concurrence.

Certains estomacs récalcitrants amènent quelques perturbations dans la partie de cartes, mais le retour se passe cependant mieux qu'à l'aller.

Boulogne se profile à l'horizon. Arrivée à quai et soleil toujours. Quelle chance ! Douaniers à nouveau. « *Vous n'avez rien à déclarer ?* » « *Une bouteille de whisky* » concède suavement Yolande qui oublie de spécifier qu'il s'agit d'une bouteille par personne. À nos remarques amusées, elle répond que le douanier ne pouvait l'accuser de mensonge ou même d'omission puisque ce dernier n'a posé aucune question complémentaire. Elle est culottée, vous ne trouvez pas ?

Nous roulons à nouveau sur le sol français, vaguement attendris, en nous remémorant les menus événements qui ont émaillé notre séjour. Mais très vite des coups de klaxon retentissent, devant comme derrière. Of course, la conduite à gauche est formellement interdite en France. Attention ! Francis ! Keep right cette fois. Le keep left lui était devenu tellement habituel qu'il continuait sans s'en rendre compte. Il nous a fait peur plus d'une fois avant qu'il ne contrôle à nouveau sa conduite.

Encore des rappels à l'ordre ? Et à plusieurs reprises ? Pourtant Francis avait roulé à droite avant de s'arrêter sur une petite place. Un agent de police vient vers l'automobile d'un pas conquérant et nous interpelle pour stationnement abusif devant l'église d'un village, à la sortie imminente de la messe. Il faut vous avouer que Yolande rêvait, depuis trois jours, à sa bûche de Noël ; c'était très important à ses yeux. Raison pour laquelle Francis avançait si lentement à la recherche de cette bûche et déclenchait ces coups de klaxon impatients. Raison pour laquelle il s'est arrêté sur la place, déclenchant la colère du pandore qui s'est un peu calmé en voyant revenir une Yolande épanouie portant sa bûche comme un objet sacré. Démarrage cependant sur les chapeaux de roues pour ne pas laisser au gardien de l'ordre le temps de changer d'avis.

Premières inquiétudes à la sortie de Boulogne : la chaussée paraît bien glissante. Dès les premiers vallonnements du Boulonnais, se déroule un spectacle inoubliable et féerique : neige, givre enrobant les arbres de diamants irisés par le soleil, ciel uniformément bleu.

Nous avons tout le temps de nous extasier, la voiture roulant à allure plus que modérée. On aurait dû mettre ses chaussures à Cocotte avant d'embarquer.

Le chauffeur cherche un café au bord de la route. Les dames restent au chaud pendant que les messieurs ferrent Cocotte. L'apéritif, toujours, est apprécié. Mais manger, il n'en est pas question. D'après Francis, il faut faire le plus de chemin possible avant la nuit. Il est péremptoire et nous avons roulé jusqu'à Béthune à une allure d'escargot en s'arrêtant toutefois pour sortir d'un fossé une pauvre Citroën deux-chevaux enlisée.

Béthune à deux heures de l'après-midi. Nous servira-t-on encore le déjeuner tant attendu ? Robert se moque :

« *Ah ! Vous avez voulu jeter les sandwichs ! Vous seriez bien contents de les avoir maintenant* ». On choisit le meilleur restaurant sur la grand-place et on envoie Robert en éclaireur car ce monsieur, contrairement à nous, voyage en costume rayé et cravate ; très smart ma fois.

Béthune, un dimanche, un restaurant chic, les bourgeois sur leur trente et un, hum ! OUI ! revient Robert triomphalement. Défraîchis, mèches en bataille, nous entrons au pas de charge en faisant mine de ne pas voir le geste de recul du personnel. Nous prenons résolument place au fond du restaurant. La carte est alléchante et nous sautons sur toutes les horreurs dont raffolent les Français : escargots, cuisses de grenouilles, tournedos Rossini, escalopes milanaises (désolée messieurs les Italiens mais ces escalopes font également partie de notre culture gastronomique ; et quel Italien peut prouver que cette recette vient de leur pays ?) Horreurs accompagnées d'un vin excellent dont nous avions oublié le goût depuis quelque temps. Les faces s'élargissent sous de larges sourires de satisfaction. Nous sortons de ce lieu de délices, alourdis et somnolents, pour entamer la dernière étape.

Nous atterrissons chez Yolande et Francis. La nuit commence juste à tomber. Nous nous regardons tristement en silence, conscients que les vacances sont terminées et que chacun va devoir reprendre sa vie de tous les jours. Nous ne voulons pas encore prononcer le mot **FIN**.

Ce mot a toujours une consonance triste. « *Eh !* » hurle la maîtresse des lieux : « *Il y a la bûche et il reste du champagne à la cave !* » .

Alors, avant de nous quitter, nous allons fêter un énième noël, mais à la française cette fois. Cependant la mélancolie reste présente et c'est avec beaucoup de regret que nous devisons et rappelons à nouveau nos meilleurs souvenirs.

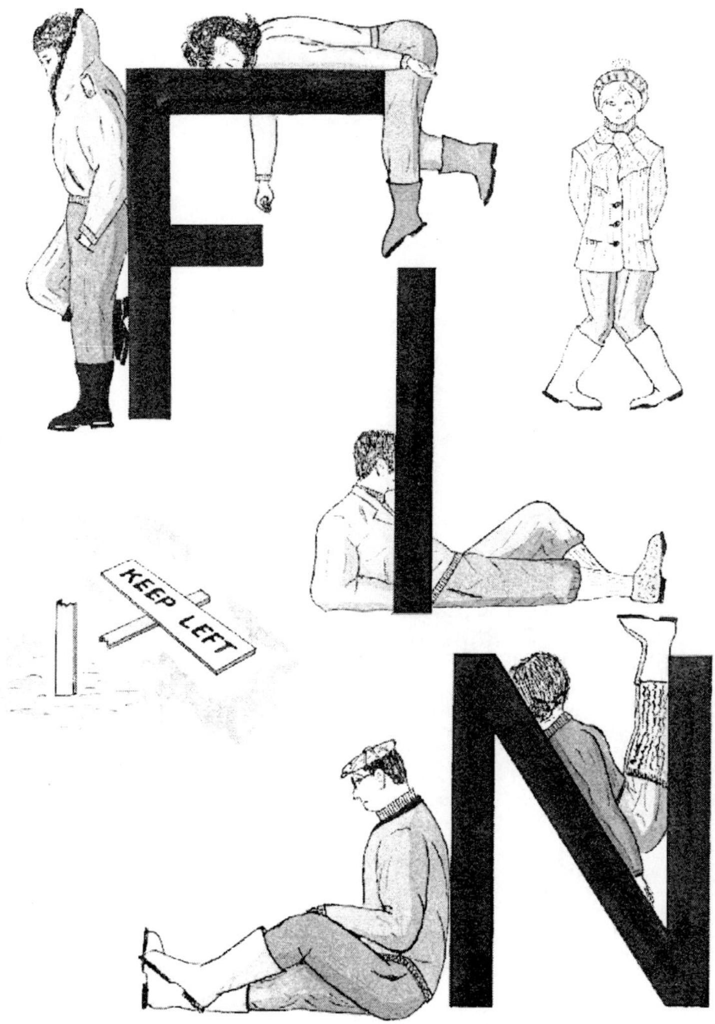
KEEP LEFT

CLOSED

La conclusion de notre voyage : ce n'est pas fini ; tout commence au contraire. Nous ferons d'autres voyages, aux quatre coins du Monde ; au retour nous conterons nos souvenirs, comme nous venons de le faire, et, à chaque fois, je suis sûre que nous conclurons en disant :

« LES X SONT DES GENS CHARMANTS ».

OPEN

Sommaire